Sabine Reihart

Verborgene Wahrheit

*Bibliografische Information der Deutschen Natio-
nalbibliothek:*
*Die Deutsche Nationalbibliothek verzeichnet diese
Publikation in der Deutschen Nationalbibliografie;
detaillierte bibliografische Daten sind im Internet
über http://dnb.dnb.de abrufbar.*

*Illustration: © Heiko Küverling/Fotolia.com
              Sabine Reihart*
Korrektur: Dr. Margit Kauer

*Herstellung und Verlag: BoD – Books on Demand,
Norderstedt*

ISBN: 978-3-7392-4033-6

PROLOG

*S*o viele Gedanken.

So viele Gedanken, die auf mich einströmen und mich nicht zur Ruhe kommen lassen.

Es begann alles so gut. Und nun?

Nichts ist mehr so wie es war. Die Dinge haben sich verändert.

Doch es liegt nicht an mir. Nein, ganz bestimmt nicht.

Alles hat gepasst und wir haben eine harmonische Beziehung geführt. Wir waren glücklich.

Dann hieß es, ich sei krank und sollte Medikamente nehmen. Die haben mir aber nicht geholfen. Ich fühlte mich nur müde. So müde und alles fiel mir schwer.

Man hat es doch bei ihr selbst gesehen, als sie diese Tabletten für sich im Internet entdeckt hatte.

Damit hat doch die Katastrophe begonnen.

Zum Teufel damit!

Sie wollte etwas Gutes für sich tun, damit es ihr nach dieser schweren Krankheit wieder besser geht und stattdessen bekam sie nur weitere gesundheitliche Probleme.

Und jetzt meint sie plötzlich, sie kann mit mir nicht mehr leben!

Es ist unverständlich und ich nehme das nicht so hin.

Hätte sie bloß nicht mit diesem Zeug begonnen. Sie selbst kann aber nichts dafür.

Sie ist eine liebe und gütige Frau und sie ist das Beste, das mir im Leben widerfahren ist, aber diese Person ...

Allein diese Person trägt die Schuld.

Sie hat mein Leben, mein Glück zerstört und dafür muss sie büßen.

KAPITEL 1

*D*er Nachtdienst begann außergewöhnlich ruhig.

Bis auf Tabletten gegen Kopfschmerzen und einem Spitalsrezept für einen Antibiotikumsaft für ein kleines Kind, wurde keine pharmazeutische Hilfe in Anspruch genommen und es stellte sich eine friedvolle Stille in den Räumen der Apotheke ein.

Hanna mochte diese Stille. Es war eine eigene Atmosphäre, die sich komplett von jener unterschied, wenn sich ihre Kollegen und Kunden in der Apotheke aufhielten. Dann hörte man Stimmen, teils laute, manchmal auch aufgeregte, zwischendurch ein Lachen, Kinderstimmen, aber auch diverse Schritte und die verschiedenen Ruftöne, die von den Handys der Kunden stammten.

Im Nachtdienst hingegen, wenn nur mehr der diensthabende Apotheker anwesend war, fielen diese Geräusche weg.

Es war eine angenehme Ruhe und jener Moment, in dem sich Hanna bewusst wurde, dass ihr für die nächsten Stunden die Apotheke allein gehörte.

So wollte sie die Zeit nutzen, um sich Notizen für ihre Kolumne zu machen.

Der Abgabetermin war für die kommende Woche festgesetzt und somit konnte sie gelassen und entspannt überlegen, welches Thema sie in die nächste Ausgabe der Kundenzeitschrift brachte.

Doch so sehr sie versuchte sich zu konzentrieren, es wollte ihr nichts einfallen.

Dies hatte jedoch nicht viel zu bedeuten, da ihr diese Situation vertraut war. Meistens ereignete sich im Apothekenalltag eine Episode, die Hanna zum Schreiben anregte und die nächste Kolumne konnte in Angriff genommen werden.

In der Zwischenzeit wurde es draußen merklich dunkler, sodass Hanna den Schalter für die Beleuchtung vor der Medikamentenausgabe betätigte.

Sobald nun jemand vor dem kleinen Fenster stand, wurde der Platz mit Licht erhellt und der Kunde musste nicht länger im Dunkeln sein Geld zählen, beziehungsweise seine Medikamente entgegennehmen.

Im Anschluss ging Hanna in die Küche, um sich ihr mit Schinken und Käse gefülltes Baguette aus dem Kühlschrank zu nehmen.

Mit der Zeit hatte sie sich angewöhnt, im Nachtdienst etwas Kaltes zu essen. Früher nahm sie sich oft Speisen zum Wärmen mit, doch die Erfahrung lehrte sie, dass ein warmes Essen in einem Nachtdienst nicht ideal war und mitunter ein paar Mal in die Mikrowelle musste, da oft der Zufall es wollte, dass, wenn sie sich zum Essen setzte, die Nachtdienstglocke läutete und sie ihre Mahlzeit unterbrechen musste. Mitunter auch für längere Unterbrechungen.

So entschied sie auf ein warmes Abendessen zu verzichten.

An diesem Abend hätte sie es wagen können, dachte sie jedenfalls.

Denn in dem Augenblick, als sie gerade mit einem Glas Saft zum Tisch zurückkehrte, ertönte die Glocke.

Eine junge Frau, bekleidet mit T-Shirt und Jogginghose, stand vor der Ausgabe.

Hanna öffnete das kleine Fenster, begrüßte die Frau und nahm ein Rezept für ein orales Kontrazeptivum entgegen.

Na, ein Notfall ist das nicht gerade, musste Hanna unweigerlich denken. Doch abgesehen von ihrem Gedanken, dass die Frau bis zuletzt gewartet hatte, eine Apotheke aufzusuchen, war das Rezept im Grunde genommen auch gar nicht mehr gültig.

Mit einer Packung für einen Monat kehrte Hanna wieder zur Frau zurück.

„Sie wissen, dass das Rezept nicht mehr gültig ist?", fragte Hanne höflich.

„Doch, ich weiß. Ich habe es nur nicht geschafft zum Arzt zu gehen."

„Ich gebe Ihnen die Pille für einen Monat, aber bitte, für das nächste Mal besorgen Sie sich ein neues Rezept. Es ist ja auch in Ihrem Interesse."

Inzwischen kam ein weiterer Kunde.

Mit einem breiten Grinsen überreichte er ihr sein Rezept, nachdem die Frau gegangen war.

Dieses Mal war ein Potenzmittel verlangt.

Gerade, als Hanna ihm das Präparat verrechnete und sich nebenbei fragte, ob sie ihm einen schönen Abend in diesem Zusammenhang wünschen sollte, läutete das Telefon.

Inzwischen war es 21 Uhr.

„Hallo? Bitte entschuldigen Sie die Störung, aber ich brauche Ihren Rat ... Ich habe den ganzen Tag

Kopfschmerzen gehabt und ein Kollege gab mir eine Tablette. Er meinte, das ist das Beste, was es gibt. Ich habe sie dann zu Hause genommen und mich schlafen gelegt. Jetzt bin ich aufgewacht und fühle mich total schwindlig und benommen. Ich habe auch mit meinem Erinnerungsvermögen Schwierigkeiten. Was soll ich machen?"

Hannas erste Gedanken waren, dass es Nebenwirkungen auf das eingenommene Medikament sein könnten und sie wollte Näheres darüber wissen.

„Wie heißt die Tablette?"

„Somsia."

Das hatte sie noch nie gehört. Also musste ihr eine Suchmaschine im Internet helfen.

Mit dem Telefon in der Hand, tippte sie den Begriff in den Computer.

Doch was sie fand, erstaunte sie.

Nicht nur, dass dieses Präparat in Österreich gar nicht registriert war, so war es in verschiedenen Ländern bereits seit ein paar Jahren aus dem Verkehr gezogen.

Das Besondere jedoch daran war, dass das Medikament nicht als Schmerzmittel, sondern als Schlafmittel eingesetzt wurde. Die Begründung, warum es nicht mehr verwendet wurde, war die halluzinogene Wirkung, sowie das hohe Potential der Abhängigkeit.

Hanna schüttelte den Kopf.

Wie kann man nur einfach auf Vertrauen etwas Unbekanntes schlucken? Das war für sie unverständlich.

„Was soll ich nun machen? Soll ich ins Spital fahren?"

Hanna wollte ihn nicht zu sehr beunruhigen, doch war sie in ihren Entscheidungen vorsichtig, denn sie konnte nicht wissen, welche Auswirkungen die unbekannte Tablette noch haben könnte und so riet sie ihm, dies zu tun.

Im einfachsten Fall hatte er seine Symptome in ein paar Stunden überwunden. Doch vielleicht war es für ihn auch eine bessere Lehre, wenn er auf Grund seiner Naivität am Abend ins Krankenhaus fahren musste, selbst wenn es im Endeffekt nichts brachte.

Wie auch immer, nun hatte Hanna genug Ideen für ihre nächste Kolumne.

Gegen sieben Uhr am Morgen wurde sie von einem Anruf geweckt.

Es meldete sich eine Frau: „Haben Sie etwas gegen Fieber? Ich möchte Zäpfchen."

„Ja, natürlich. Wie alt ist denn das Kind?"

Automatisch dachte Hanna an ein Kleinkind, da für dieses Alter öfters Zäpfchen verlangt worden waren.

„Er ist ein Erwachsener. Er hat gesagt, er will lieber Zäpfchen. Wie viel kosten sie denn?"

Hanna stand auf, zog sich den Arbeitsmantel über ihren weißen Pyjama an und ging schlaftrunken zum Computer, um ihr Auskunft über den Preis zu geben und machte sie auch auf den Nachtzuschlag aufmerksam, den sie ebenfalls zu zahlen hatte.

Als die Frau begriff, dass die Hälfte des genannten Betrages sich aus dem Nachtdienstzuschlag ergab, meinte sie: „Dann komme ich um acht, wenn sie aufsperren. Das ist ja billiger und die eine Stunde wird er noch warten."

Sie legte auf.

Für Hanna war es eine zweifelhafte Logik.

Wusste die Frau nicht, dass sie eigentlich eine Auskunft im Bereitschaftsdienst bekommen hatte? Zu einer Zeit, wo normalerweise kein Betrieb ist und niemand anwesend, der einen Anruf entgegen nehmen würde? Offensichtlich war das Fieber der betroffenen Person nicht zu belastend und der Preis der Zäpfchen hatte Vorrang.

Zumindest war es Zeit sich zu duschen und sich für den neuen Arbeitstag zurechtmachen.

Zwar hatte sie in der vergangenen Nacht nicht viele Kunden gehabt, doch wurde sie im Durchschnitt alle zwei Stunden aus dem Bett geläutet und dementsprechend fühlte sie sich müde und mitgenommen.

Auch das kalte Wasser, das sie auf ihr Gesicht spritzte, sowie der frische, aromatisch riechende Kaffee halfen ihr nicht wirklich.

Ihre rotbraunen Haare band sie zu einem Pferdeschwanz zusammen und zuletzt schminkte sie sich, um zumindest optisch einen ausgeruhten Eindruck zu erwecken.

In der Zwischenzeit wurden die Böden der Apothekenräume von der Raumpflegerin, deren Dienstzeit bereits begonnen hatte, gesaugt und nass aufgewischt und ihre Kollegen, die sichtlich ausgeschlafener waren als Hanna, trafen ein.

Das Apothekenteam bestand aus Clemens, der mit seiner langjährigen Praxis, aber auch mit seiner angenehm ruhigen Art ein wertvoller Kollege war, und Clara, einer quirligen, in Spanien aufgewachsenen Frau, Mitte vierzig, die mit ihrem unkomplizierten, lebhaften Wesen die Stimmung im Alltag schon öfters hob und so frischen Wind hineinbrachte.

Erni und Sarah unterstützten die Pharmazeuten mit ihren kaufmännischen Fähigkeiten und Philipp, ein Lehrling im zweiten Lehrjahr komplettierte das Team.

Hanna selbst war wegen ihrer detektivischen Fähigkeiten beliebt. Wann immer ein Problem zu lösen war oder Ungereimtheiten auftraten, war sie zur Stelle. Etwas, das zu hinterfragen war, machte sie einfach neugierig und brachte der jungen Apothekerin den Spitznamen Loupa ein, den Clara erfunden hatte.

„Wie war die Nacht?", fragte Carla, während Erni die Türen aufsperrte, um die ersten Kunden hereinzulassen.

„Es ging so."

„Nun komm schon, Loupa. Ein neuer Morgen, die Sonne scheint. Wer weiß, was der Tag noch alles bringen wird." Carla zwinkerte ihr lächelnd zu, bevor sie sich den Substitutionspatienten widmete.

Hanna mochte ihre Art. Auch wenn ihr in diesem Augenblick ein Bett lieber gewesen wäre als die Sonne, die das Offizin, den Verkaufsraum der Apotheke, hell durchflutete.

So versuchte sie das Beste aus dem Tag zu machen und begrüßte Frau Weber, eine Stammkundin.

„Guten Morgen, Frau Magister. Ich freue mich Sie zu sehen. Da geht es mir gleich besser."

Frau Weber pflegte ihren krebskranken Mann, der zunehmend auch an Demenz litt.

Zwar verhielt er sich sehr ruhig, doch Frau Weber hatte nur wenig Kontakt mit anderen Menschen und es fehlte ihr an Gesprächspartnern. Auch ihr Sohn, der selbst mit psychischen Problemen zu tun hatte, konnte ihr keine Stütze sein.

Frau Weber war es nur dann möglich, für wenige Stunden die Wohnung zu verlassen, wenn eine Pflegerin ihren Mann versorgte.

Hanna lächelte sie an und nahm die Rezepte, die ihr Frau Weber entgegenhielt.

Als Hanna sämtliche Medikamente hergerichtet hatte, standen hinter der Dame schon weitere Kunden.

Sie hätte sich ihr gerne etwas mehr widmen wollen, doch in Anbetracht der noch Wartenden versuchte sie sich kurz zu halten. Doch die Frage nach dem Befinden wollte sie trotzdem stellen.

„Soweit geht es mir gut, danke. Ich möchte Sie aber nicht aufhalten, Frau Magister."

Hanna tat es leid, nicht mehr für sie tun zu können, aber Frau Weber wusste, dass an diesem Tag ein Plaudern nicht günstig war. So schenkte Hanna ihr ein herzliches Lächeln und Frau Weber erwiderte ihr mit einer verständnisvollen Mimik.

Die nächste Kundin, die ebenfalls ein Rezept einlösen wollte, war merkbar gereizt.

In diesem Fall war das benötigte Medikament jedoch nicht vorrätig und Hanna teilte ihr mit, dass sie es für sie bestellen würde und es binnen weniger Stunden zum Abholen bereit liegen würde. An sich war dies nichts Außergewöhnliches, doch die Kundin, die offenbar mit dieser Mitteilung bereits gerechnet hatte, konterte: „Das war ja auch nicht anders zu erwarten! Jedes Mal, wenn ich komme, habt ihr es nicht. Dabei brauche ich das Medikament jeden Monat! Ich verstehe das nicht. Ich muss immer zweimal kommen. Warum klappt das bei Ihnen nicht, aber in der anderen Apotheke sehr wohl? Ich habe überhaupt das Gefühl, dass ihr Sortiment immer kleiner wird."

Die Stimme der Kundin klang ziemlich schrill und übertönte den Geräuschpegel bereits, sodass auch andere Kunden, wie auch Kollegen aufmerksam wurden.

Dies sind die Momente, in denen es am besten war, ruhig zu bleiben und Hanna schaffte es, wenn auch mit etwas Disziplin.

Sie musste insgeheim an einen Artikel denken, den sie kürzlich gelesen hatte. Er beschäftigte sich mit dem richtigen Verhalten in schwierigen Situationen gegenüber den lieben Mitmenschen. Darin hieß es, man sollte sich nicht ärgern und denjenigen in Gedanken nicht mit einem unschönen Ausdruck bezeichnen, sondern miteinbeziehen, dass er eine Vorgeschichte haben muss, warum sich einer so verhält. Wer weiß, vielleicht hatte die Person bereits ein paar unangenehme Dinge an diesem Tag erlebt oder ist unzufrieden mit sich selbst und frustriert.

Der Artikel war jedenfalls interessant und hilf-reich, gerade für diesen jetzigen Vorfall.

Hanna versuchte sachlich zu bleiben. Sie erklärte der Dame, dass es auf Grund der großen Vielzahl an Medikamenten nicht immer möglich war, den Artikel auf Lager zu haben, doch richte man sich sehr wohl nach der Nachfrage.

Als die Kundin widerwillig bestellte, nützte Hanna die Gelegenheit, um nachzuforschen.

Dank der vielen gespeicherten Daten im Rechner, die auch Informationen über Wareneinkauf und Warenverkauf gaben, konnte Hanna mit nur wenigen Klicks Einblick über den Umsatz des bestimmten Artikels bekommen. Dadurch fand sie heraus, dass es etwa ein halbes Jahr zurücklag, dass das letzte Mal das Präparat bestellt worden war.

Soweit zu Vertrauen und Richtigkeit einer Aussage.

Noch etwas in Gedanken versunken, nahm Hanna den Wunsch des nächsten Kunden entgegen.

Er wollte einfach etwas gegen Kopfschmerzen.

Dafür musste Hanna nur in eine Lade greifen, die sich unterhalb der Tara befand, der Theke einer Apotheke. Es war jener Platz, wo sie stand.

Gerade in dem Moment, als Hanna wieder zu ihm aufsah, merkte sie, wie er sie mit seinem Blick vorsichtig interessiert verfolgte. Erst jetzt nahm sie ihn richtig wahr.

Er hatte ein gepflegtes Äußeres, trug einen beigen Trenchcoat und hatte dunkles, leicht gewelltes

Haar. Sein Gesicht erzeugte ein vertrautes Gefühl, obwohl sie ihn noch nie zuvor gesehen hatte.

Auf eine leicht zurückhaltende Art fragte er schließlich noch nach einer bestimmten Müsliriegelsorte.

Hanna war nicht sofort klar, welche er meinte, aber sie kam schnell dahinter, von welcher Sorte er sprach.

Er bezahlte und nach einem Augenblick, in dem sich beide einen Blick zuwarfen, der gegenseitige Sympathie erkennen ließ, drehte er sich um und verließ die Apotheke.

Viel Zeit hatte Hanna nicht, um diese kurze, aber nette Begegnung einwirken zu lassen, denn Herr Langfelder, ein älterer, weißhaariger Mann, der meist mit einem dunklem Anzug und einer dazu passenden Masche anstatt einer Krawatte gekleidet war, stand mit einem zusammengefalteten Werbeblatt vor ihr.

Hanna wusste, welche Frage er stellen würde.

„Ist die Frau Apotheker zu sprechen?"

Es war genau jene Frage, die Hanna erwartete.

Herr Langfelder war ein Kunde, der alle paar Wochen kam, doch nicht nur, um seine Rezepte einzulösen. Er hatte vor allem die Angewohnheit, Hannas Chefin zu sprechen, da er gerne die Meinung einer Fachfrau haben wollte, in Bezug auf Präparate, die er bei unbekannten Firmen bestellte. Diese Firmen machen mit Werbematerial auf sich aufmerksam, welches als Wurfpost zugesendet wird. Eine einzige Bestellung hat zur Folge, dass immer wieder weiteres Werbematerial zugesendet wird.

Herr Langfelders Frau war wohl für ihn die perfekte Partnerin, denn sie teilte mit ihm die Leidenschaft der Postzustellungen.

„Frau Mag. Weninger ist noch nicht im Haus, Herr Langfelder.“

„Oh, wie schade. Wann kommt sie denn?“

„Ich nehme an, sie wird in der nächsten Stunde eintreffen, aber ich kann es Ihnen nicht versprechen. Sie wissen, die Chefin kann selbst bestimmen, wann sie kommen möchte.“

„Ich verstehe ... Ich werde es etwas später nochmals versuchen.“

Herr Langfelder verabschiedete sich.

Hanna drehte sich zur Seite und warf Clara, die nicht weit von ihr entfernt stand, einen Blick von Unverständnis zu.

In einem Moment, in dem Clara niemand zuhören konnte, meinte sie: „Wenn wir mehrere solche Kunden hätten, müssten wir uns etwas einfallen lassen. Beratung ohne die Absicht, etwas aus der Apotheke zu kaufen. Wie wäre es mit einer Beratungsgebühr?“

Sie scherzte, doch die Idee war gar nicht so absurd.

Vielen Laien ist es nicht bewusst, dass Apotheker weit mehr sind, als nur Personen, die jemandem ein Medikament in die Hand drücken.

Hinter jedem Apotheker steckt jede Menge Wissen, Verantwortung für Qualität und Sicherheit.

Mit Erwerb eines Präparates sind diese Aspekte inkludiert, doch dies schließt nur jene Mittel ein, die aus der Apotheke stammen.

Als in Österreich gesetzlich erlaubt wurde, rezeptfreie Medikamente über Internetapotheken zu beziehen, wollten Kunden oft wissen, warum die Präparate über Internet preisgünstiger zu bekommen seien. Daraufhin versuchte Hanna aufzuklären, dass jene Anbieter auf ein Minimum von qualifiziertem Personal reduzieren können und nebenbei verschiedene Mitarbeiter einsetzen, die die bestellte Ware zusammenstellen und verpacken. Abgesehen davon hat dieser Handel mit anderen Größenmengen zu tun.

Eine persönliche Beratung, eine gewisse Kontrolle, nämlich zu welchem Mittel eine Person greift und ob es sinnvoll wäre, es einzunehmen, ist folglich nur bedingt möglich. Nicht zuletzt der menschliche Beistand, der in manchen Situationen sehr wichtig ist, etwa wenn jemand nicht mehr weiß, welches Medikament er noch probieren sollte und dies bereits mit einer psychischen Belastung der betreffenden Person einherging, kann mit Internethandel nicht erzielt werden.

Zugegebenermaßen traf dies nicht auf jedem Apotheker gleich zu und Hannas Meinung nach waren es einige Apotheker, die den Internethandel förderten, um sich selbst zu bereichern. Doch letztendlich musste jeder für sich entscheiden, auf welchem Weg er seine Medikamente bezog.

Ein großes Problem war nebenbei der illegale Handel von Arzneimittel im Internet. Hier war große Aufklärung bezüglich der teils lebensgefährlichen Risiken bedeutend. Die Aufklärung wurde von Medien und der Apothekerkammer übernommen, aber fand auch in der Apotheke selbst statt.

Dies war auch bei einem von Hannas Kunden nötig. Ein Mann, nachdem er ein Potenzmittel auf Rezept gekauft hatte, fragte sie, warum er die kleinen Pillen im Internet viel günstiger beziehen konnte und auch rezeptfrei. So versuchte Hanna ihm sachlich Auskunft zu geben: „Sie sind sicherlich nicht an einem seriösen Anbieter geraten, denn einerseits ist dieses Mittel rezeptpflichtig und anderseits können Sie nicht sicher sein, ob es qualitativ in Ordnung ist. So kann es sein, dass vom Wirkstoff weitaus weniger drin ist als auf der Packung steht und es besteht auch die Möglichkeit, dass etwas anderes dazugemischt worden ist. Es ist auf jedem Fall der sichere Weg, sich das Medikament in der Apotheke zu kaufen."

Selbst wenn Hannas Worte nach Eigenwerbung klangen, so waren sie dennoch ehrlich und der Kunde akzeptierte ihre Erklärung.

Wie sehr der Internethandel boomt, bewies auch das Gespräch mit einem ihrer Stammkunden. Als Herr Gruber seine Rezepte eingelöst und bezahlt hatte, erzählte er auf lustige Weise, wie er täglich diverse Mails bekam, in denen unbekannte Präparate angepriesen würden. Daraufhin nahm er sein Smarthandy zur Hand und zeigte Hanna ein Mail als Beispiel, das er erhalten hatte.

Hanna konnte sich nur über die Länge des Mails wundern, da es beinahe einem Aufsatz glich. Der Text befasste sich mit sämtlichen Magen- und Darmproblemen, an denen manche Personen leiden. Erst am Ende des Schreibens sah man ein Bild von jenem Mittel, das die ersehnte Rettung für all die erwähnten Symptome bringen würde und daneben waren die verschiedenen Zahlungsmöglichkeiten angegeben.

„Ich frage mich nur, warum ich so viele Mails bekomme, denn wir kaufen gar nichts aus dem Internet. Das einzige, was meine Frau macht, sie informiert sich über vieles und liest nach."

Damit hatte er seine Frage selbst beantwortet.

Gegen Abends versuchte Herr Langfelder erneut sein Glück und hatte Erfolg, da er nun die Chefin antraf.

Hanna und Clemens, der seit Mittag mit ihr Dienst hatte, beobachteten schweigend die Szene. Herr Langfelder war überaus erfreut, der Chefin sein mitgebrachtes Werbematerial überreichen zu können. Frau Weninger, eine gutmütige Person und von allen geschätzt, nahm höflich das gedruckte Papier entgegen und ließ sich nicht anmerken, dass sie darüber nicht sehr begeistert war.

Wie bei jedem Mal, wenn er wieder etwas Neues zugesendet bekommen hatte, teilte sie ihm mit, dass sie es sich zwar ansehen würde, aber auf Grund der unbekannten Firmen ihm nicht viel Aussagekräftiges mitteilen werden können und schon gar nicht über die Qualität.

Hanna und Clemens mussten schmunzeln.

Ein langer Tag ging für Hanna zu Ende.

Endlich konnte sie ihren Arbeitsmantel ablegen und ihre Straßenschuhe anziehen.

Es war eine schöne und modern eingerichtete Apotheke, in der sie arbeitete, auch hatte sie einen gewissen Charme auf Grund einiger ausgewählter Einzelstücke, die bereits eine gewisse Antiquität darstellten und die Räume verschönerten. Dazu zählte etwa eine liebevoll restaurierte Konsole, aber auch bunt bemalte alte Standgefäße, die die obersten Regale schmückten.

Die Apotheke bestand aus sämtlichen Räumen, die für den Betrieb notwendig waren. Begonnen vom Offizin, über ein Labor, ein Büro, einen Raum, der mit Schränken mit großen Laden für die Medikamente ausgestattet war, Küche, Dusche, bis hin zum Nachtdienstzimmer.

Hanna mochte die Apotheke und sie fühlte sich dort sehr wohl, doch nach einem Arbeitstag, einem Nachtdienst und nochmals einem langen Arbeitstag freute sie sich, den Räumen, die sie seit dem letzten Tag nicht mehr verlassen hatte, den Rücken zu kehren.

Kaum hatte sie die Lieferantentür hinter sich geschlossen, nahm sie einen tiefen Atemzug und genoss die frische Luft, die ihr so sehr gefehlt hatte, und ließ den lauen Frühsommerabend auf sich einwirken.

Clemens, der gleichzeitig mit ihr die Arbeit verließ, verabschiedete sich und ging zu seinem geparkten Auto.

Hanna selbst machte sich auf den Weg zur Bushaltestation.

Die Apotheke befand sich in einer ruhigen Seitengasse einer frequentierten Geschäftsstraße im Westen Wiens. Durch die Nähe des Wienerwaldes war es in den heißen Sommermonaten immer eine Spur kühler als in der Stadt und auch die Luft war nicht so stickig.

Ebenso gab es in diesem Viertel viel Grün, sodass Vögel in Bäumen und Sträuchern Unterschlupf fanden, aber auch Nagetiere verirrten sich in das Gebiet. Zum Leid der Autobesitzer, die mitunter angeknabberte Kabel am nächsten Morgen in ihren geparkten Autos vorfanden.

Das Bild der Straße, in der sich die Apotheke befand, war geprägt durch kleine Wohnhäuser und eine geringe Anzahl von Geschäften.

In einem der Geschäfte, einem Buchladen, arbeitete Hannas Freundin Sophie. Als Hanna beim Buchladen vorbeiging, stand gerade ihre Freundin nicht unweit vom Fenster entfernt und die beiden winkten sich zu.

Nach ein paar Metern erreichte Hanna schließlich die Busstation und es dauerte nicht lange, bis ihr Bus eintraf.

Ihre Wohnung war nur drei Stationen entfernt und als sie ihr Heim im dritten Stock erreicht hatte, öffnete sie sogleich die Balkontür, ließ sich in ihr Sofa fallen und schloss für wenige Momente ihre Augen.

Nichts hatte für sie in diesem Augenblick mehr Bedeutung als Ruhe und den Alltag hinter sich zu lassen.

KAPITEL 2

*M*elissa stand im Badezimmer vor dem Spiegel und tuschte ihre Wimpern.

Um ihr Cocktailkleid zu schonen, trug sie ihren weißen Bademantel darüber, der mit einem Gürtel um ihre schmale Taille befestigt war.

Noch etwas die Lippen mit ihrem Gloss nachziehen und sie war fertig.

„Wie weit bist Du, Schatz?"

„Ich bin gleich so weit."

Melissas Mann war gerade im Wohnzimmer und schenkte etwas Prosecco in die Sektgläser ein. Gerade als er die Flasche auf den Tisch stellte, läutete das Telefon.

„Hallo?"

Niemand meldete sich.

„Hallo?", fragte er nochmals.

Da hörte er ein Klicken. Der Anrufer hatte aufgelegt.

„Wer war es denn?", wollte Melisse wissen, die gerade ins Zimmer kam.

„Falsch verbunden." Rainer zuckte mit den Schultern.

Es war für ihn ohne Bedeutung, denn vielmehr interessierte er sich für das Äußere seiner Frau, die mit ihrem schwarzen Kleid ausgehfertig vor ihm stand.

„Du siehst bezaubernd aus."

Melissa dankte ihm mit einem Lächeln, während Rainer die beiden gefüllten Gläser nahm und eines davon ihr reichte.

„Auf unseren ersten Hochzeitstag."

Die beiden prosteten sich zu, küssten sich und nahmen einen Schluck.

„Wir müssen langsam aufbrechen, sonst kommen wir zu spät zur Vorstellung", meinte Melissa. Sie leerten rasch ihre Gläser, stellten sie ab und gingen ins Vorzimmer.

Als Melissa ihre Tasche nahm und Rainer in sein Sakko schlüpfte, läutete das Telefon wieder.

Die beiden sahen sich fragend an.

„Ich werde schnell den Anruf entgegennehmen. Vielleicht ist es ja wichtig", sagte Melissa.

Sie eilte zum Telefon und meldete sich.

„Hallo?"

Keine Antwort.

„Hallo, wer ist da?"

Doch nichts passierte. Nur ein tiefes Atmen war vom anderen Ende der Leitung zu hören.

Melissa legte auf.

„Wieder niemand, der sich gemeldet hat?", fragte Rainer.

Sie schüttelte den Kopf.

Leicht irritiert verließ sie mit ihrem Mann das Haus und sie gingen zu ihrem Auto, das auf dem Parkplatz ihres kleinen Grundstückes stand. Rainer öffnete die Beifahrertür und ließ seine Frau einsteigen. Danach ging er ums Auto, setzte sich hinein und startete den Motor.

Im Haus läutete das Telefon unterdessen erneut.

KAPITEL 3

*H*anna nahm sich eine Tasse Tee, bevor sie sich wieder zu ihrem Notebook setzte und an ihrer Kolumne weiter arbeitete.

Der Tee entspannte sie.

Es war ihr freier Tag und den Vormittag nutze sie, um ihre Ideen für den Text der nächsten Ausgabe niederzuschreiben.

Die Kundenzeitschrift, für die sie die Kolumne verfasste, erschien einmal im Monat und war in den Apotheken Wiens aufgelegt, sofern die Apotheke sie abonniert hatte.

Die Zeitschrift wurde von einem kleinen Team betreut, welche einem Verlag angehörte, der diverse Zeitschriften, aber auch einschlägige Bücher herausbrachte.

Hanna kam durch Zufall dazu, als sie sich bei einer Fortbildung zu einer Gruppe gesellt hatte, wo auch ein Redakteur dabei war.

Sie hatte schon immer das Schreiben gemocht und hatte bereits aus Vergnügen ein paar Kurzgeschichten geschrieben. Allerdings lagen sie unveröffentlicht in einer Schublade ihres Schreibtisches.

Nur Sophie wusste davon und fand die Gelegenheit, eine Kolumne in einer Apothekenzeitschrift zu haben, ideal und wie geschaffen für Hanna.

Die Rohfassung des Textes war mittlerweile geschrieben und der nächste Schritt war der Feinschliff.

Doch zunächst öffnete sie das Internet und beschäftigte sich mit den Schlagzeilen des Tages und dem Wetter, als ihr Handy läutete.

„Hallo Hanna! Störe ich gerade?" Es war Sophie.

„Nein, ich sitze gerade vor dem Computer und mache die Kolumne fertig. Im Moment aber mache ich Pause. Wie geht es dir?"

„Ich habe mir für paar Tage frei genommen. Ich brauche etwas Abwechslung. Was ist mit dir?"

„Mir geht es soweit gut."

„Du denkst doch nicht immer noch über diesen Idioten nach, oder?"

Sophie spielte auf Hannas letzte Bekanntschaft an.

„Nein."

„Du bräuchtest auch eine Abwechslung."

In Sophies Stimme war ein gewisser Unterton.

Da fiel Hannas Blick auf eine Werbung von Sociatas, einer Online-Partneragentur.

„Probier doch mal eine dieser Plattformen im Internet."

Es war, als ob Sophie genau wusste, was Hanna gerade tat.

„Na, ich weiß nicht."

„Warum nicht? Das ist doch lustig. Du lernst verschiedene Typen kennen, hast Spaß und das ist alles."

„Hast du das schon einmal ausprobiert?"

„Nein, aber eine Bekannte von mir. Sie war total begeistert und hat sich auch mit ein paar Männer getroffen. Einer von ihnen ist schließlich ihr Partner geworden. Man sieht, es kann sogar funktionieren."

Hanna war im Unterschied zu Sophie die Ruhige und Ausgeglichene, sowie auch die Ernste der beiden.

Sophie hingegen war lebhaft und impulsiv, machte sich nicht unnütz Gedanken und griff einfach nach einer Gelegenheit, wenn es sich ergab.

Ihre blonden, kurzen Haare passten perfekt zu ihrem Typ. Dennoch war sie ein sehr warmherziger und treuer Mensch und man konnte sich auf sie verlassen. Das wusste auch ihr Freund zu schätzen, mit dem sie seit einigen Monaten zusammen war. Ebenso, dass sie über hundert Kilometer voneinander entfernt wohnten und sich nur am Wochenende sahen, schien für die beiden zu passen.

Hanna war sehr gefühlsvoll und überlegte meist zweimal, bevor sie etwas in Angriff nahm. Das wusste Sophie.

„Weißt du was? Ich komme zu dir und wir suchen dir einen Mann aus."

Hanna musste über die direkte Art ihrer Freundin lachen.

„Das ist doch nicht dein Ernst?"

„Doch. Da fällt mir ein, ich wollte dich ja etwas fragen. Nächste Woche haben wir im Geschäft eine Lesung. Ein Schriftsteller stellt seinen neuen Krimi vor. Hast du Lust zu kommen?"

Hanna nahm den Vorschlag gerne an.

„Und nun mache deine Kolumne fertig, damit du dich registrieren kannst."

„Du lässt aber wirklich nicht locker!"

„Ja, klar. Wozu hast du mich?"

Die beiden beendeten das Gespräch und Hanna widmete sich wieder ihrem Text, beziehungsweise wollte sie sich ihm wieder widmen, denn Sophies Vorhaben brachte sie zum Nachdenken.

Wollte sie sich überhaupt auf eine aktive Partnersuche einlassen? Ihre letzte Beziehung lag ein halbes Jahr zurück, sofern sie es Beziehung nennen konnte. Denn tatsächlich war es eine Bekanntschaft, die vermutlich von Anfang an zum Scheitern verurteilt war. So hatte er beruflich wenig Zeit und rief sie nur dann an, wenn sie sich treffen wollten. Doch nie, um einfach zu plaudern, um sich zumindest auf diese Weise nah zu sein. Als er schließlich an einem Wochenende eine Party und ein Eishockeymatch ihr gegenüber bevorzugte, beschloss Hanna keinen weiteren Schritt zu setzen, was zur Folge hatte, dass sie nie wieder etwas von ihm hörte.

Ihre innere Stimme hatte stets leise zu ihr gesprochen und wurde immer lauter, bis sie nicht mehr zu überhören war.

Sophie sah dies locker: „Was soll es … Du hast Erfahrung gesammelt, für eine Zeitlang Spaß gehabt und jetzt ist es sein Pech, dass er dich gehen ließ. Er hat einfach nicht gewusst, was er an dir hatte. Denke an den Zollbeamten, was er dir damals gesagt hat."

Damit spielte sie auf jene Szene an, die sich am Beginn ihres Studiums ereignet hatte.

Hanna war gerade im ersten Semester, als sie mit ihren Eltern eine Reise nach Kalifornien unternommen hatte. Müde vom langen Flug standen sie mit anderen Einreisenden in einer Reihe und warteten, bis sie die Nächsten für die Passkontrolle waren.

Als es soweit war, gingen sie zum soeben frei gewordenen Schalter, wo der Beamte der Einreisebehörde mit ernstem Blick ihre Pässe und die ausgefüllten Formulare entgegennahm. In den nächsten Minuten wurden ihre Dokumente inklusive Namen und den übereinstimmenden Bildern streng überprüft.

Doch dann geschah etwas, das Hanna überraschte.

„Wo ist Ihr Freund?", fragte der Beamte.

Hanna antwortete nicht gleich, denn auf diese Frage war sie von einem Beamten der amerikanischen Behörde nicht vorbereitet.

„Es gibt keinen Freund."

„Kein Freund?"

Er sah sie verwundert an. „Sind die österreichischen Männer nicht clever?"

Kopfschüttelnd stempelte er die Pässe ab und überreichte sie Hanna. Sie reagierte darauf etwas verlegen. Zwar hatte sie keinen Grund dazu, denn während des Studiums hatte sie den Kopf nicht frei für etwas Ernsthaftes und jene Männer, die sie kennengelernt hatte, waren nett für gemeinsame Aktivitäten, doch tiefe Gefühle empfand sie für sie nicht. Einige im Bekanntenkreis fragten immer wieder gerne nach ihrem Privatleben und mit der Zeit zog sich Hanna von dieser Neugier zurück. Dass sie ein gewisser Freigeist war und manche Dinge aus einem anderen Blickwinkel betrachtete, wurde nicht immer verstanden.

Nach diesem Ausflug in die Erinnerungen kehrte sie wieder in die Gegenwart zurück.

Noch dreimal die Kolumne durchlesen, auf Stil und Punktation achten und der Text konnte der Redaktion als Anhang gemailt werden.

Abends kam Sophie vorbei und animierte Hanna dazu, sich auf einer der Partnersuchplattformen zu registrieren.

Hanna war nach wie vor von dieser Idee nicht begeistert. Den Gedanken, sich mit unbekannten Männern zu treffen, fand sie durch den Beruf, wo sie ständig mit vielen Menschen zu tun hatte, nicht als privaten Ausgleich.

Sophie jedoch war überzeugt, dass es für Hanna das Richtige wäre.

Kurz darauf saßen die beiden jungen Frauen vor dem Computer. Vor ihnen war die Homepage von Societas, die mit einem verliebten umarmenden Pärchen und einem dazu passenden Text den Leser animierte, sich zu registrieren.

So gab Hanna ihre Mailadresse und ein soeben ausgedachtes Passwort ein und klickte auf Bestätigung. Das Erscheinungsbild wechselte und sie war zum ersten Mal eingeloggt.

In den ersten Schritten waren diverse Standardfragen zu beantworten, wie Alter und Wohnort. Danach kam ein psychologischer Test. Dieser stellte eine Frage nach der anderen.

„Wie mühsam! So soll der Traummann erstellt werden?", stellte Sophie fest.

„Wie gut treffen folgende Aussagen auf Sie zu? Ich gehe immer nach Plan vor... Trifft gar nicht zu, trifft etwas zu, trifft vollkommen zu... Meine Güte! Das ist nur eine Frage von vielen."

„Jetzt haben wir angefangen, jetzt machen wir es auch zu Ende", reagierte Hanna.

Die nächste Frage beinhaltete verschiedene Bilder, die man spontan nach einer Vorgabe betiteln musste. Hanna las laut vor: „Vergänglichkeit ... Im Sturm der Gefühle..."

„Da sollte man gleich eine Geschichte dazu schreiben. Vielleicht wird ja auch ein Autor gesucht."

Als nächstes waren Symbole zu sehen. So musste Hanna zwischen runden und eckigen Formen und zwischen Pfeilen, die abwechselnd nach oben und nach unten zeigten, entscheiden.

„Was man da alles machen muss, um endlich die Männer zu sehen", lachte Sophie.

Die nächsten Fragen enthielten Beschreibungen von Szenen. Dazu gab es jeweils eine vorgegebene Antwort zu wählen. Etwa, wie Hanna reagieren würde, wenn ihr Partner sich auf einer Party längere Zeit einer anderen Frau widmete, als es angemessen erscheint, oder wenn sie auf einer Bananenschale ausrutschen würde und dadurch die Aufmerksamkeit auf sich ziehen würde.

Es verging noch einige Zeit, bis sie es geschafft hatten und endlich ihre Partnervorschläge zu sehen waren. Sogleich kam der Aufruf, ein Foto von sich hochzuladen und natürlich die Aufforderung, ein Abo für eine bestimmte Zeit zu nehmen.

Eine gewisse Enttäuschung für die beiden war, dass sämtliche Bilder der Profile verschwommen waren. Allerdings, auch die verzerrten Fotos gaben gewisse Vorstellungen, wer sich dahinter verbarg. Man erkannte, wie sich der Einzelne präsentierte. Beginnend von legeren Strandfotos mit nacktem Oberkörper, Bilder von Radtouren, beim Klettern, aber auch die wohl beliebten Selfies, die nicht gerade zum Vorteil einen ersten Eindruck vermittelten. Besonders jene Fotos, auf denen man Sonnenbrillen und Hauben erkannte, fand Hanna nicht sehr passend.

Von den Personen, bei deren Profil „getrennt lebend" stand, riet Sophie gleich ab und Hanna teilte ihre Meinung

„Die haben nicht mal ihre Vorgeschichte wirklich beendet und suchen schon die Nächste. Oder wollen sie gar nur eine Ablenkung oder ein Abenteuer und irgendwann bist du selbst die Ex."

Selbst wenn Hanna nicht unbedingt auf Suche war, musste sie doch zugeben, dass Männer, für die sie sich interessierte, selten waren. Auch von Affären hielt sie wenig.

Überraschend war für sie, als bereits die erste Kontaktanzeige in ihrem elektronischen Postfach aufschien. Neugierig öffnete sie das Mail und las: „Hallo Du! Machst Du gerne Sport?"

Sie blickte zu Sophie.

„So eine Anfrage soll einer Frau gefallen?"

KAPITEL 4

*E*s tut mir leid, aber vor Mittag kann ich Ihnen nicht versprechen, dass der Wagen fertig ist"
Melissa seufzte.

Der Wochenbeginn verlief für sie nicht gerade erfreulich. Zunächst wurde sie von Geräuschen geweckt, die sie nicht zuordnen konnte. Dann entdeckte sie den umgeworfenen Mistkübel vor der Einfahrt, der offenbar ein Tummelplatz für eine Katze in der letzten Nacht gewesen war. Schließlich hatte sie Schwierigkeiten mit ihrem Auto und musste in die Werkstatt.

„Ich habe gehofft, dass ich mit dem Auto gleich weiterfahren kann."

„Wir haben heute bereits einige Vormerkungen und der defekte Teil muss ausgetauscht werden", antwortete der Mechaniker.

Melissa war darüber enttäuscht und es blieb ihr nichts anderes übrig, als die S-Bahn zu nehmen.

Eine knappe halbe Stunde später fuhr sie mit dem Zug in die Station ein, wo sie aussteigen musste. Anschließend ging sie in den Feinkostladen, der auf ihrem Weg lag und kaufte sich eine Kleinigkeit zu essen.

Die ganze Zeit über fühlte sich Melissa nicht wohl. Es lag allerdings nicht an dem Umstand, dass sie spät dran war und ihre Ordinationshilfe, sowie ihr erster Patient auf sie bereits warteten. Nein, damit hatte ihre Anspannung und Nervosität nichts zu tun.

Sie konnte es nicht beschreiben. Es war einfach ein ungutes Gefühl.

Sie versuchte dies nicht weiter zu beachten.

Es war lächerlich.

Nur irgendwie erzeugte es in ihr ein Unbehagen.

Besonders deutlich spürte sie es, als sie vor der Haustür ihre Schlüssel aus der Tasche nahm und die Tür aufsperrte.

Ja, es war das Gefühl, als ob sie jemand beobachten würde.

KAPITEL 5

„Ich brauche Ihre Hilfe."

Vor Hanna stand ein Kunde, der einen kleinen Zettel in der Hand hielt.

„Meine Schwägerin lebt in Rumänien und ihr Arzt hat ihr ein Medikament verschrieben, aber sie bekommt es bei ihr zu Hause nicht."

Die Apotheke hatte öfters mit Anfragen dieser Art zu tun und Hanna und ihre Kollegen versuchten stets zu helfen, obwohl es nicht immer einfach war. Manchmal waren es Medikamente, die es auch in Österreich nicht gab, manchmal fehlten Informationen zu der Stärke des Präparates und manchmal gab es einfach nur Sprachschwierigkeiten.

Dieses Mal war es allerdings leicht, denn der Kunde konnte gut Deutsch und er hatte sämtliche Details, die Hanna benötigte.

„Ich habe es allerdings nicht vorrätig und muss es Ihnen bestellen. Würden Sie mir bitte ein Rezept nachbringen, wenn Sie das Medikament abholen?"

„Ich kann Ihnen eine Kopie bringen, weil das Original in Rumänien ist. Bis das Originalrezept über den Postweg eintreffen würde, ist es leider zu spät, da ich schon übermorgen nach Rumänien fahre."

Dies war eine jener Situationen, wo Hanna die Entscheidung hatte, auf einem Rezept zu bestehen, oder aber dem Kunden entgegenzukommen und ihm anhand einer Kopie ein rezeptpflichtiges Rheumamittel auszuhändigen.

Als Apotheker war man an Gesetze gebunden. Dies war auch in Ordnung so, denn auf Grund der Sicherheit, die jede einzelne Person betraf, hatte es schon seine Richtigkeit. Doch es gab Vorkommnisse, wo ein Rezept nicht immer im Vordergrund stand, sondern die Notwendigkeit und der Mensch.

Hanna entschied sich für letzteres und übernahm somit die Verantwortung und damit verbunden auch ein gewisses Risiko, das einen theoretischen Missbrauch betraf.

Am späten Nachmittag kam ein Stammkunde zu Hanna, der in einem Büro in der Nähe arbeitete.

Er kam regelmäßig herein und ließ sich seinen Blutdruck kontrollieren. Da er oft Geschäftsreisen unternehmen musste, hatten sie mühelos Gesprächsstoff für einen Smalltalk. Dieses Mal erzählte er von Tokio und einem Geschäftsessen: „Als wir gezahlt hatten, ließ ich Trinkgeld auf dem Tisch. Ich habe mir eigentlich nichts dabei gedacht, war einfach zufrieden über das Ergebnis des geschäftlichen Gesprächs. Nachdem ich das Lokal verlassen hatte, ich war schon sicherlich vierzig Meter weiter weg, hörte ich ein Rufen. Es war der Kellner, der uns bedient hatte und er verbeugte sich ein paar Mal hintereinander vor mir und gab mir das Trinkgeld zurück. Ich war das erste Mal in Tokio und wusste leider nicht, dass es unüblich war, ein Trinkgeld zu geben."

Hanna mochte seine Geschichten.

Nachdem sie ihm den Blutdruck gemessen hatte, ihm versicherte, dass alles in Ordnung war, verabschiedete sie sich von ihm.

Gerade, als er die Apotheke verließ, kam ein groß gewachsener und auffallend muskulöser Mann mit Vollbart herein. Er verkörperte jene Gruppe von Männern, die sich tagtäglich in der Fitnesskammer aufhielten, proteinreiche Nahrung zu sich nahmen und weitaus mehr für ihre Optik taten, als es gesund war.

Hanna musste unweigerlich an eine Kinderserie aus ihrer Kindheit denken. Darin kam eine Comicfigur vor, die dem Kunden auf Grund seiner Statur sehr ähnlich sah.

Noch bevor er zu sprechen begann, wusste sie genau, was er verlangen würde.

„Ich brauche zwanzig Fünfer Kolben, zehn Einser und zwanzig Achtzehner."

Dieser Wunsch war nicht nur für Morphinsüchtige typisch, sondern auch für die Muskelsüchtigen.

Spritzen und Nadeln.

„Weiß der überhaupt, was er sich antut?", fragte Carla, nachdem er die Apotheke verlassen hatte. „Mir kommt vor, je höher der Anteil an Muskelmasse wird, umso mehr schrumpft bei diesen Menschen die Gehirnmasse."

„Irgendwann bekommen sie die Rechnung präsentiert", meinte Hanna.

Sie erinnerte sich in diesem Zusammenhang an einen jungen Mann, der sich nach Testosteron erkundigte. Er wollte mehr Muskeln, als das Training ermöglicht hatte. Um ihn schnell von diesen Gedanken abzubringen, zählte Hanna mit ernstem Gesicht auf, welchen Nebeneffekt das Spritzen von Steroide hätte. Vielleicht konnte sie ihn davon abbringen, indem sie auf die Gefahren aufmerksam machte, die bei der Anwendung von Hormonen verbunden sind, beginnend von Herzinfarkt bis hin zu Sterilität und Verlust seiner Männlichkeit.

Es hatte für sie den Eindruck, als ob ihre Predigt ihn zum Grübeln brachte.

Um siebzehn Uhr ging ihr Arbeitstag zu Ende.

Als sie sich von ihrer Chefin, die sich in ihrem Büro gerade um finanzielle Angelegenheiten kümmerte, verabschiedete, fiel ihr das Werbematerial von Herrn Langfelder auf.

Offenbar hatte Frau Weninger nur einen kurzen Blick darauf geworfen, um es den Stammkunden beim nächsten Besuch mit den üblichen Worten wieder zurück zu geben.

Hanna bemerkte nebenbei, dass auf dem Prospekt eine Ärztin abgebildet war, nahm jedoch nicht weiter Notiz davon.

Zu Hause angekommen, ging sie unter die Dusche, machte sich etwas zu essen und schaltete ihren Computer ein.

Als sie ihre Mails durchging, fiel ihr auf, dass die meisten mit der Plattform Societas in Verbindung standen. Von „Diesen Mann sollten sie unbedingt kennenlernen", bis hin zu „ihr Profil ist sehr beliebt" konnte sie lesen.

Doch auch wenn eine gewisse Geschäftstaktik dahinter steckte, war Hanna neugierig geworden und ging zur Homepage um sich einzuloggen. In ihrem persönlichen Bereich waren die verschiedenen Nachrichten aufgelistet und sie klickte eine nach der anderen durch. Zwar waren viele darunter, die sie wenig angesprochen hatten und sie benützte gleich die Möglichkeit eine automatische Absage zu erteilen. Das eine oder andere Profil fand sie allerdings sympathisch und bemerkte zugleich, dass sie ohne ein Abo zu nehmen ziemlich rasch am Ende ihrer Online-Aktivität angelangt war. So konnte sie Nachrichten lesen und darauf einmalig antworten, aber ein weiterer Kontakt war nur dann möglich, wenn sie zahlen würde. Abgesehen davon hatte sie nur als Abo-Mitglied Zugang zu den Bildern.

Vielleicht war es ihre momentane Stimmung, vielleicht auch nur, weil sie im Fernsehprogramm keine passende Unterhaltung für den Abend fand.

Ohne viel weiter zu überlegen, holte sie ihre Brieftasche und nahm die Kreditkarte zur Hand.

KAPITEL 6

„**D**arf ich vorstellen, Hanna Tobinger. Sie arbeitet in der Apotheke nebenan und hat eine literarische Ader."

Sophie wollte es sich nicht nehmen lassen, Hanna mit dem Schriftsteller, der auf Grund seines neuen Werkes eine Lesung im Buchgeschäft gegeben hatte, bekannt zu machen.

„Sie schreiben auch?"

„Das ist ein wenig übertrieben. Ich habe eine Kolumne in einer einschlägigen Zeitschrift."

„Sie hat auch schon Kurzgeschichten verfasst", mischte sich Sophie ein, worauf Hanna ihr einen leicht verärgerten Blick zuwarf.

„Meine Freundin übertreibt. Es stimmt schon, dass ich Geschichten geschrieben habe, aber nichts von Bedeutung und deshalb sind sie in der Schublade."

„Das kann durchaus ein Beginn sein."

Ohne es zu bemerken, gesellte sich eine weitere Person dazu und stellte sich hinter Hanna.

„Und was für Kurzgeschichten schreiben Sie?"

Hanna drehte sich um und sah in blaue Augen, die zu einem attraktiven Mann gehörten.

„Ich schreibe über Menschen, Geschehnisse, Empfindungen."

„Das klingt nach einer Poetin."

Hanna fühlte sich geschmeichelt und lächelte.

„Vielleicht. Nebenbei schreibe ich für eine Zeitschrift."

In der Zwischenzeit wurde der eingeladene Schriftsteller von der Inhaberin des Buchladens abgelenkt und mit einem Cocktail versorgt.

„Hannas Kolumne liest sich sehr gut", lobte Sophie.

„Welche Art von Kolumne haben Sie?"

„Sie erscheint in einer Apothekenzeitschrift und im Zusammenhang mit dem Apothekenalltag greife ich verschiedene Themen auf und versuche damit einen Einblick in den Apothekenbereich und Medikamentenvielfalt zu geben. Die Ideen dazu finde ich durch Gespräche mit Kunden."

Währenddessen entschuldigte sich Sophie bei den beiden, um sich um die Gäste, die der Einladung zur Lesung gefolgt waren, zu kümmern.

„Haben Sie auch mit Schreiben zu tun?", fragte Hanna ihren unbekannten Gesprächspartner.

„Ich bin Journalist."

„Dann sind Sie heute Abend beruflich hier?"

„Ja, das ist richtig. Es soll morgen ein Artikel über das vorgestellte Buch in einer Tageszeitung erscheinen und den werde ich schreiben."

Als er sprach, konnte Hanna ihn mustern, ohne dass er es bemerkte. Er war einen halben Kopf größer als sie, hatte blondes, volles Haar, um das ihn so manche Frau sicherlich beneiden hätte können und er besaß einen Charme, von dem sie sich merklich angezogen fühlte.

„Sie mögen Kriminalromane?", wollte er wissen.

„Ja, es ist einfach spannend, eine Geschichte zu lesen und dabei selbst mit zu überlegen, wie der

Fall gelöst werden kann. Und was halten Sie von diesem Roman?"

„Er klingt recht vielversprechend, ist kurzweilig und zeigt auch eine Brise Humor. Das wird sicher gut ankommen."

Für einen kurzen Moment war Stille zwischen den beiden und sie überbrückten dies mit einem Lächeln.

„Ist das Ihr Bereich, Artikel über Neuerscheinungen zu schreiben?", setzte Hanna fort.

„Nein, das wäre zu wenig, aber ich mache es nebenbei recht gerne."

Kurz darauf warf er einen schnellen Blick auf seine schwarze Armbanduhr.

„Bitte verzeihen Sie meine Unhöflichkeit, aber da ich den Artikel heute noch weiterleite, muss ich ein wenig auf die Zeit achten."

„Oh ... Das verstehe ich. Ich habe zwar bei meiner Kolumne immer genug Zeit, da die Zeitschrift nur monatlich erscheint, aber ich kann das nachvollziehen."

„Ich heiße übrigens Gregor." Er reichte ihr die Hand. „Vielleicht können wir einmal etwas trinken gehen, Hanna."

Einen Augenblick wunderte sie sich, dass er sie mit ihrem Namen ansprach, doch sie erinnerte sich, dass er ihn mitbekommen haben musste, als Sophie ihr den Schriftsteller vorgestellt hatte.

„Gerne, das wäre nett." Sie blickte um sich herum, da sie ein Stück Papier suchte, um ihm ihre Handynummer aufzuschreiben. Gregor reagierte rasch und nahm aus der Innentasche seines Sakkos zwei Visitenkarten und einen Kugelschreiber heraus und überreichte sie ihr.

„Sie können gerne Ihre Nummer auf die eine Karte schreiben."

Sie schrieb auf die Hinterseite Namen und Nummer und gab ihm die von ihr beschriebene Karte mit dem Kugelschreiber zurück. Die zweite Karte behielt sie.

„Ich bin nächste Woche im Ausland, aber danach würde ich mich freuen, wenn wir es schaffen uns zu treffen", meinte er, als er den Kugelschreiber wieder einsteckte.

„Das würde mich auch freuen."

Daraufhin verabschiedete er sich von ihr und verließ das Geschäft. Hanna sah ihm noch nach, als Sophie wieder zu ihr kam.

„Er sieht gut aus, nicht wahr?", zwinkerte Sophie ihr zu.

„Zweifelsohne."

„Aber?"

„Nein ... nichts."

Hanna sah auf seine Visitenkarte und las seinen Namen: Gregor Schuhmann.

Eine Weile blieb Hanna noch bei der Veranstaltung, unterhielt sich ein wenig mit dem Schriftsteller, bis sie müde wurde und beschloss, sich ein Taxi zu rufen.

Sie verabschiedete sich von Sophie, die bis zum Ende bleiben musste und von Sophies Chefin. Diese war merklich angespannt und leicht überdreht, da sie sich auffallend um den Schriftsteller kümmerte, der mittlerweile einige seiner Bücher signierte. Auch sorgte sich die Chefin ein wenig übertrieben um das leibliche Wohl der Gäste. So spähte sie öfters nervös zum Buffet und dem Partyservice, der professionell bemüht war, die Gäste von leeren Gläsern zu befreien, um gleichzeitig weitere Cocktails und Snacks anzubieten.

Als Hanna ihre Wohnung erreichte, fühlte sie sich wieder etwas munterer und schaltete ihren Computer ein, um nachzusehen, ob sie bei Societas neue Nachrichten bekommen hatte. Sie musste sich eingestehen, die Plattform lockte und machte sie neugierig.

Da entdeckte sie eine Kontaktanfrage, die ihr recht gut gefiel: „Hallo, liebe Unbekannte! Ich bin Klaus und mache gerade Turnus in einem Krankenhaus. Nebenbei betreibe ich etwas Sport, obwohl sich eigentlich alle wundern, dass ich nach der Arbeit noch Energie dafür habe. Es ist einfach ein Ausgleich und hilft mir vom täglichen Stress wegzukommen. Dein Profil ist sehr ansprechend und ich würde mich freuen Dich kennenlernen zu dürfen. Ich gebe Dir gerne meine Handynummer und vielleicht rufst Du mich ja an. Ansonsten warte ich einfach auf Nachricht von Dir. Liebe Grüße, Klaus.“

Hanna las im Anschluss das Profil von ihm durch. Er war in ihrem Alter, ledig und hatte keine Kinder und auch die persönlichen Eintragungen fand sie in Ordnung. Dann sah sie sich das freigeschaltete Foto an, wo sie einen schlanken, blonden Mann sah, mit einer recht ansprechenden Optik. Zwar war das Gesicht nicht gut wahrzunehmen, da das Bild die gesamte Person zeigte, aber das reichte ihr. Doch sollte sie ihn wirklich anrufen? Immerhin war er ihr komplett fremd und sie hatte gewisse Hemmungen. Anderseits könnte sie gleich seine Stimme hören und feststellen, ob sie angenehm und sympathisch klingt.

Hanna sah auf die die Uhr. Es war kurz nach 21 Uhr. Um diese Zeit wollte sie nicht mehr telefonieren und entschied sich daher ihm ein paar Zeilen zu schreiben und gab ihm zusätzlich auch ihre Telefonnummer.

Danach fuhr sie den Computer herunter, machte es sich auf der Couch gemütlich und schaltete den Fernseher ein.

Sie war gerade kurz vor dem Einschlafen, als der Signalton für ein eingehendes SMS sie leicht aufschreckte.

KAPITEL 7

„*H*anna, deine Redakteurin ist am Telefon und will mit dir sprechen", flüsterte Erni, Hannas Kollegin, während Hanna gerade ein Gespräch mit einem Kunden beendete.

Sie ging zum Telefon.

„Hanna, grüß dich, ich wollte dich fragen, ob du Interesse hast, für die nächste Ausgabe ein aktuelles Thema in deiner Kolumne zu behandeln? Wir haben auch überlegt, einen eigenen Bericht daraus zu machen, bei dem auch noch weitere Apotheker zu Wort kommen. Das bedeutet für dich, dass du für die kommende Ausgabe eventuell zwei verschiedene Sachen zu schreiben hättest, nämlich deine Kolumne und zusätzlich den angesprochenen Artikel."

„Um welches Thema handelt es sich denn?"

„Es gibt bestimmte Personen in der Ärztekammer, die für gewisse Ärzte den Zugang zu Hausapotheken gerne hätten, selbst wenn eine öffentliche Apotheke in der Nähe ist."

„Mit welcher Begründung wird das gewollt?"

„Es wird verlautbart, dass in manchen Gebieten Österreichs, Ärzte ohne Hausapotheke nicht überleben können."

„Für mich klingt das in erster Linie eher nach einer zusätzlichen Geldeinnahme."

„Nun, ich denke, es wäre sinnvoll, wenn du objektiv einen Bericht darüber schreiben würdest. Da alle Bundesländer davon betroffen sind, wollen wir dieses Mal weitergehen. Ich habe mit Kollegen bereits gesprochen, dass wir deinen Beitrag auch eventuell in den anderen Bundesländern veröffentlichen. Dein Schreibstil kommt bei den Lesern recht gut an und wird gerne gelesen."

„Okay ... Ich mache es."

„Gut, allerdings brauchen wir den Bericht sehr bald. Dann wünsche ich dir ein gutes Gelingen."

Während Hanna wieder in das Offizin ging, dachte sie unweigerlich an Gregor. Offensichtlich hatte sie nun ebenfalls einen Bericht zu schreiben, der baldigst weitergeleitet werden musste.

Eigentlich sollte sie sich bei Klaus, dem Verfasser ihres letzten SMS, melden. Immerhin wartete er noch auf eine Antwort.

Schnell waren ihre Gedanken verflogen, als sie ein Gespräch zwischen Erni und einem Kunden mitbekam, der sichtlich stark erkältet und der Meinung war, dass er ein Antibiotikum benötigte.

„Dazu ist es notwendig, dass Sie einen Arzt aufsuchen", sagte Hanna in einem ruhigen Ton und erlöste Erni, die bereits versuchte zu erklären, warum er ohne ärztliche Anweisung kein Antibiotikum in der Apotheke bekommen könnte.

„Dazu habe ich keine Zeit."

„Es macht aber keinen Sinn, ohne vorangegangene Untersuchung ein Antibiotikum zu nehmen. Falls es eine virale Infektion ist, nützt es Ihnen nichts und zusätzlich besteht die Gefahr einer Resistenzentwicklung, wenn zu schnell ohne Grund gleich zu einem Antibiotikum gegriffen wird. Die

Folge wäre, dass das Medikament bei einer bakteriellen Infektion nicht mehr helfen würde."

Dies verstand der Kunde und ließ sich weiter beraten, was er nehmen konnte. Mit dem zusätzlichen Hinweis, sich zu schonen und in Krankenstand zu gehen, verabschiedete Hanna sich von ihm.

Erni, die neben ihr stand, wunderte sich: „Eigentlich habe ich genau das Gleiche zu ihm gesagt."

„Manchmal hilft es, wenn eine weitere Person hinzugezogen wird, um der Aussage mehr Gewicht zu geben. Es ist aber nicht immer leicht, die richtigen Worte zu finden, sodass der gegenüber Stehende es so auffasst, wie man es tatsächlich gemeint hat. Missverständnisse können sich leicht einschleichen."

Gleichzeitig wusste Hanna ein zukünftiges Thema für ihre Kolumne: Antibiotika und ihr richtiger Einsatz.

Im Anschluss bediente Hanna einen Kunden, der seine Dauerpräparate wieder brauchte. Als sie mit den Medikamenten, die er verschrieben bekommen hatte, zu ihm zurückkam und sie vor ihm auflegte, fiel ihm ein bestimmtes Generikum auf.

„Haben Sie das auch noch von einer anderen Firma lagernd?"

Hanna dachte sich nicht viel dabei, denn mittlerweile gab es so viele verschiedene Generika auf dem Markt, dass sich Laien schwer tun. Generika haben gemeinsam, dass sie denselben Wirkstoff haben, wie das Originalpräparat. Allerdings besteht der Unterschied zwischen den einzelnen Generika in ihren Hilfsstoffen. Selbst wenn es gar nicht sein sollte und teils auch nicht nachvollziehbar ist, führt dies in einzelnen Fällen zu einer Änderung der Wirkung, mitunter auch zur Änderung in der Verträglichkeit.

Die große Verunsicherung gegenüber Generika besteht jedoch in der Unwissenheit, warum gerade ein bestimmtes Generikum von der Firma X aufgeschrieben worden ist. Ebenso spielen die verschiedenen optischen Unterschiede eine große Rolle im Alltag. Gerade ältere Personen, die mehrere Medikamente nehmen müssen, tun sich schwer, wenn sie statt mit weißen, runden Tabletten plötzlich mit gelben, ovalen Tabletten konfrontiert sind.

Doch jener Kunde hatte einen komplett anderen Grund: „Ich möchte diese Firma nicht. Die arbeitet nämlich mit den Illuminati zusammen!"

Darauf sagte Hanna lieber nichts und schwieg.

Sie holte das gleiche Medikament von einer anderen Firma, übergab es ihm und wünschte noch einen schönen Tag.

Freude und ein gewisses Glücksgefühl empfand sie, als ein Mann vor ihr stand, den sie sofort wiedererkannte.

„Haben Sie noch diese Müslischnitten?"

Es war jener Mann, der schon bei ihrer ersten Begegnung ein Gefühl von Vertrautheit in ihr hervorgerufen hatte und seine Anwesenheit empfand sie als sehr angenehm.

Sie ging zu dem Aufsteller, der etwas versteckt in einem Regal stand und holte die Schnitte mit tropischen Früchten, die offensichtlich seine Lieblingsschnitten waren.

Er bezahlte, lächelte sie an und verabschiedete sich.

Abends widmete sich Hanna wieder ihren Internetkontakten und vor allem Klaus, dem sie noch eine Antwort schuldig war. Da er nach einem Treffen fragte und ihr von der Idee eines Spazierganges schrieb, überlegte sie, was sie tun sollte.

Doch dann schlug sie ihm Schönbrunn als Ort für das nächste Wochenende vor und sendete ihm die Nachricht über Societas. Im Anschluss beantwortete sie noch drei weitere Kontaktanfragen, jedoch fasste sie sich kurz, da sie sich noch ein paar Notizen zu ihrem nächsten Beitrag in der Apothekenzeitschrift machen wollte.

Als ihr noch ein weiteres Profil auffiel, konnte sie nicht widerstehen, einen Blick darauf zu werfen. Sie merkte an Hand des verschwommenen Bildes, dass es sich um einen attraktiven Mann handelte und es war natürlich, dass ihre Neugier geweckt worden war.

Sie öffnete das Profil, doch nachdem sie seinen persönlichen Eintrag über die Vorstellung des ersten Dates las: „Zuerst zur Henry Bar, dann gehen wir zur Alpha Bar und dann entscheiden wir, ob zu dir oder zu mir", verlor sie das Interesse und löschte den Profilvorschlag.

Da läutete ihr Handy.

„Hallo Liebes!"

Es war Hannas Mutter, die nachfragen wollte, ob sie wieder mit ihr zum Linedancekurs gehen wollte.

„Gerne. Ich habe nur einen Bericht zu schreiben und weiß noch nicht, wie gut ich vorankommen werde."

Hanna schilderte ihr kurz die Vorgeschichte und den aktuellen Stand.

„Und was sind deine Gedanken zu diesem Thema?"

„Wenn Ärzte Hausapotheken in gewissen Gemeinden haben dürfen, trotz Apothekennähe, bringt dies einfach viele Nachteile. Zwar klingt es gut, dass Patienten gleich mit ihren Medikamenten versorgt werden, aber das ist nur oberflächlich betrachtet. Die Praxis sieht doch so aus, dass jetzt schon mit langen Wartezeiten bei den Ärzten zu rechnen ist. Erst kürzlich erzählte mir eine Frau, dass sie eine Stunde nur auf ihr Rezept warten musste. Wie würde es dann erst werden, wenn sie auch die Medikamente in der Praxis bekommen würde? Noch dazu glaube ich kaum, dass der Arzt selbst sie aushändigen würde, sondern eine Ordinationshilfe. Mal abgesehen davon, dass Medikamente nur vom Apotheker abgegeben werden dürfen, ein weiterer Punkt wäre die Lagerung. Was vielen gar nicht bewusst ist, eine Apotheke lagert rund 4000 Arzneimittel, eine Hausapotheke im Vergleich nur 350. Dann kommt noch hinzu, es gibt mittlerweile eine Vielzahl von Generika und sicherlich würden die einzelnen Firmen versuchen, dass ein Arzt eine bestimmte Herstellerfirma favorisiert. Natürlich zu guten Konditionen. Ein wichtiger Aspekt bei öffentlichen Apotheken ist, dass sie rund um die Uhr erreichbar sind und öfters am Tag eine Lieferung bekommen, sodass eine schnelle Versorgung erreicht werden kann ...“

„Hanna, du hast bereits deine konkreten Vorstellungen.“

Hanna seufzte. Es waren jene Argumente, die sie nur mehr aufarbeiten musste.

Nebenbei erzählte sie ihrer Mutter von der Registrierung bei der Plattform Societas und dass sie sich demnächst zum ersten Mal mit jemandem treffen würde.

„Findest du das wirklich eine gute Idee mit dem Spaziergang?“, fragte ihre Mutter besorgt, als sie von Schönbrunn erfahren hatte.

„Naja, es ist ja nichts dabei.“

„Du kennst ihn doch nicht und trotzdem willst du mit ihm durch den Park spazieren? Mir wäre es lieber zu hören, wenn du dich in einem Lokal treffen würdest.“

Wenig später rief Sophie bei Hanna an und auch ihr erzählte sie vom bevorstehenden Treffen.

Daraufhin meinte Sophie: „Im Prinzip kann ich das schon nachvollziehen. Wenn es mich selbst betrifft, finde ich nichts dabei, aber auf der anderen Seite, wenn ich mir vorstelle, du gehst mit einem komplett fremden Mann spazieren.“

„Das sagst ausgerechnet du?“

„Ich weiß, aber es ist abhängig von der Betrachtungsweise. Weißt du was, ich werde auf dich aufpassen!“

„Und was stellst du dir vor?“

„Ich werde auch dort sein und ihn aus der Entfernung betrachten.“

Hanna musste lachen, fand es aber von ihrer Freundin sehr aufmerksam: „Ist das dein Ernst?"

„Ja klar. Immerhin hast du das noch nie gemacht und falls er auf irgendwelche dumme Gedanken kommen sollte, tu ich so, als ob wir uns zufällig begegnen würden."

Sophies Idee amüsierte sie und ihre ausgeprägte Fantasie, sodass sie sich eine eventuell mögliche Szene bildlich vorstellen konnte, trug zusätzlich bei.

„Ich hätte nicht gedacht, dass du mal meine Anstandsdame sein würdest. Na, das wird was werden!"

KAPITEL 8

*H*anna befand sich etwa hundert Meter vor dem Hietzinger Tor, dem Treffpunkt, den sie sich mit Klaus ausgemacht hatte.

Ihre Haare trug sie offen und zum Anziehen hatte sie sich für Jeans und eine bunt gemusterte Tunika entschieden.

Sophie, die sie bis zu diesem Zeitpunkt begleitet hatte, ging nun mit einer gewissen Distanz hinter ihr.

Doch kurz bevor sie ihn zum ersten Mal sehen würde, wurde sie nervös und unsicher.

Was mache ich hier? Eigentlich will ich doch gar nicht!

Mittlerweile erreichte sie den Treffpunkt und sah sich um, ob sie ihn erkennen würde.

In diesem Augenblick nahm sie einen schlanken, kurzhaarigen dunkelblonden Mann wahr, der ihr mit schnellen Schritten entgegen ging.

Etwas außer Atem erreichte er sie.

„Hallo, ich bin Klaus. Es tut mir leid, dass ich so knapp komme, aber ich habe leider die Zeit total unterschätzt und keinen Parkplatz gefunden."

Zur Begrüßung küsste er sie auf beide Wangen und als die beiden durch das Tor gingen, befanden sie sich sogleich in Schönbrunn.

Schönbrunn zählte zu den meist besuchten Sehenswürdigkeiten Wiens und das Schloss, die ehemalige Sommerresidenz des Kaisers, war eine beliebte Attraktion, die jährlich tausende Touristen anzog.

Doch auch die Wiener selbst liebten den Park, der Erholung, aber auch Abwechslung bot.

Hanna mochte den Park schon seit ihrer Kindheit. Jener Teil, der sich auf derselben Ebene wie das Schloss befand, hatte für sie mit seinen breiten, angelegten Alleen und großflächigen Blumenbeeten vor dem Schloss einen Parkcharakter, während der Teil, der die Gloriette umgab, sie ein wenig an einen Wald erinnerte. Die Bäume standen dicht beisammen und gaben Vögeln, wie auch Eichhörnchen einen Lebensraum. Abseits der Hauptwege gab es eine Reihe von schmäleren Wegen, die ein Gefühl von Ruhe und Erholung in Hanna weckten.

Vom Neptunbrunnen aus gingen Serpentinen hinauf zur Gloriette, oder wer es kürzer haben wollte, benützte die geraden, jedoch steileren Wege.

Damit Hanna beim Reden nicht komplett nach Luft schnappen musste, entschied sie mit Klaus die Serpentinen zu nehmen, die gemütlichere Variante.

Während des Spazierganges erzählte Klaus vom Krankenhaus und seiner Zeit als Turnusarzt und Hanna von der Tätigkeit in der Apotheke. Durch die verwandten Berufe hatten sie genug Gesprächsstoff und es fielen ihnen immer wieder weitere Geschichten von ihren Berufen ein.

Bei der Gloriette angelangt, folgten sie einem der kleineren Wege.

Mit Klaus war nett zu plaudern, doch versuchte er zwischendurch auf Körperkontakt zu gehen, indem er über ihren Handrücken strich oder ihren Oberarm berührte.

Hanna musste dabei an Sophie denken und fragte sich, wie es ihr mit der Rolle der Beschützerin erging. Doch sie brauchte nicht weiter überlegen, denn Sophie schaffte es auf Grund der vielen schmäleren Wege, die miteinander vernetzt waren, den beiden Spaziergängern entgegenzukommen. Ihr Handy hielt sie zum Ohr und gab vor zu telefonieren. Den Augenkontakt vermieden die beiden Freundinnen, um die Tarnung nicht zu gefährden, doch insgeheim musste Hanna lachen und gleichzeitig tat ihr Sophie leid.

Nach zwei Stunden, in denen sämtliche Wege abgegangen worden waren, nebenbei geplaudert und Klaus versucht hatte, die Nähe Hannas zu suchen, wollte Hanna den Spaziergang beenden.

Obwohl sie bei der Gloriette, in der ein Kaffeehaus etabliert war, vorbeigingen, machte Klaus keine Anstalt, sie zu fragen, ob sie Lust hätte, auf einen Kaffee zu gehen. Sie wiederum war bereits etwas müde und im Grunde genommen wollte sie das Treffen nicht mehr verlängern. So versuchte sie mit einer Ausrede, ihre Verabredung Richtung Ausgang zu bewegen.

Wieder beim Hietzinger Tor angekommen, verabschiedete sie sich von ihm und bedankte sich für das Treffen mit der Absicht, sich auf kein zweites mehr einzulassen. Denn außer Müdigkeit, die nicht nur vom Gehen, sondern auch von den vielen Gesprächen kam, spürte sie nichts.

Nachdem sie sich von Klaus entfernt hatte, wartete sie auf Sophie, die sichtlich erschöpft und genervt aussah.

„Tu mir einen Gefallen, Hanna. Triff dich das nächste Mal in einem Lokal!"

KAPITEL 9

„**H**ättest du vielleicht heute Nachmittag spontan Zeit?"

Nur eine Woche nach dem letzten Blind Date bekam Hanna die nächste Anfrage für ein Treffen. Es handelte sich um einen Mann, der zwei verschiedene akademische Titel hatte und bei der Behörde beschäftigt war. Seine Bilder, die Hanna schon am Vortag sehen konnte, waren ansprechend und für sie in Ordnung. Zumindest beinahe in Ordnung, denn eines der Fotos zeigte ihn liegend, die Augen geschlossen und war offensichtlich im Urlaub während eines Segeltörns aufgenommen.

Abgesehen davon, dass sie sich über die Art des Bildes wunderte und warum er dieses ausgewählt hatte, um es ins Internet zu stellen, fand sie sein Profil sympathisch.

Er schien offensichtlich ein sehr spontaner Typ zu sein, denn nachdem sie ihm noch am Abend zuvor geantwortet hatte, kam von ihm bereits am nächsten Vormittag ein SMS mit einer Anfrage zu einem Treffen. Da es ein Samstag war, konnte sie auch zeitmäßig zustimmen.

Doch dieses Mal würde sie gewiss einen anderen Ort vorschlagen, um sich bei Nichtgefallen schneller verabschieden zu können. Das wusste sie definitiv. Sie entschied sich auf eine Verabredung einzugehen und schlug ihm ein kleines Lokal in Hietzing vor, das sich in einer Geschäftsstraße befand.

Sophie gab sie ebenfalls Bescheid und informierte sie über Zeit und Ort. Diese war erleichtert, dass sie keinen Spaziergang unternehmen musste und bat Hanna um einen kurzen Anruf, wenn sie sich von ihm verabschieden würde.

Pünktlich betrat Hanna das kleine Lokal. Da es sehr übersichtlich war, erkannte sie auch gleich den Mann aus dem Internet, der mit Jeans und einem kurzärmligen Hemd, das er leger über die Hose trug, bekleidet war. Als er sie bemerkte, stand er auf, begrüßte sie herzlich mit Kuss auf die Wangen und machte ein Kompliment zu ihrem Kleid.

Wieder begann das übliche Gespräch.

„Wie lange bist du denn schon bei Societas?", fragte Harald.

„Noch nicht lange."

„Du bist also Apothekerin. Da kenne ich mich ein wenig aus, da ich beruflich in diesem Bereich auch zu tun habe."

„Und was hast du studiert?"

„Jus und Biologie. Ich halte nebenbei auch Vorträge auf der Uni."

Inzwischen kam die Kellnerin und nahm die Bestellung auf.

„Warum bist du noch allein?", war seine nächste Frage.

„Ich habe wohl noch nicht den Richtigen getroffen. Es muss einfach Verschiedenes zusammenpassen. Herz, Hirn und Verstand, wenn man es so ausdrücken möchte. Das klingt vielleicht einfach, ist es aber nicht. Ich muss nicht unbedingt eine Beziehung haben. In einer Beziehung, wie ich sie mir vorstelle, ist wichtig das Gefühl, sich einfach in der

Gegenwart des anderen wohlzufühlen. Und bei dir?"

„Ja, in gewisser Weise denke ich ähnlich."

Als die Kellnerin mit den Getränken zurückkam, merkte Hanna, dass sie etwas anderes bekam, als sie bestellt hatte. Die Kellnerin entschuldigte sich und nach einer kurzen Zeit brachte sie die gewünschte Melange. Harald lächelte Hanna auf eine Weise an, die ihr gefiel und in ihr etwas bewirkte.

Durch die weiteren Gespräche fanden sie einige Gemeinsamkeiten, auch fühlte sie sich von ihm angezogen. Es war zwischen den beiden eine Atmosphäre, die Hanna als sehr angenehm empfand. Sie lachten viel und das Reden war locker und ungezwungen. Es war ebenfalls ein gutes Zeichen, wie die Zeit im Flug verging und sie genoss seine Gegenwart.

Schließlich folgte eine Verabschiedung und Hanna rief Sophie an, die schon gespannt auf ihre Erzählung wartete.

„Wie war es?"

„Es war sehr nett ... Morgen sehen wir uns wieder."

Am nächsten Vormittag traf sich Hanna mit Harald vor dem Haupteingang des Schönbrunner Tiergartens. Nachdem jeder für sich ein Ticket gekauft hatte und sie den Eingang passierten, schlenderten sie von Gehege zu Gehege. Als sie beim Pavillon vorbeikamen, von dem man einen guten Überblick auf die alten, historischen Gehege hatte, und in dem ein Restaurant untergebracht war, erzählte Hanna über eine gewisse Mystik, die mit dem Gebäude verbunden war.

„Franz Stephan, der Mann von Maria Theresia soll hier im Keller chemische Versuche durchgeführt haben. Er war interessiert an Alchemie, übrigens war er auch Freimaurer. Eine Besonderheit, so finde ich, ist das Symbol eines Pentagramms, das auf dem Boden im Kellergewölbe wiederzufinden ist."

„Der Pavillon hat auch noch eine weitere Besonderheit. An zwei Tagen im Jahr, im Mai und im Juli, gelangen die Sonnenstrahlen durch die Fensterscheiben, sodass er einem Diamanten gleicht."

Es schien, als ob die beiden einen weiteren Berührungspunkt bezüglich Interessen fanden.

Vor dem Elefantengehege blieben sie etwas länger stehen und Harald, der hinter ihr stand, legte seine Arme um sie. Hanna gefiel es und sie ließ ihn gewähren.

Durch das Flirten und den Spaß, den die beiden hatten, merkten sie plötzlich, dass sie sich im Areal des Bauernhofes in einer leerstehenden Koppel befanden. Es wurde umso amüsanter, als sie sich umdrehten und hinter ihnen ein Pärchen bemerkten, das sich ebenfalls verirrt hatte und Harald scherzte: „Sie sind uns wohl nachgegangen!"

Nachmittags, als sich spürbar immer mehr Besucher im Zoo einfanden, beschlossen die beiden zu gehen.

Harald begleitete Hanna, bis sie irgendwann vor ihrer Haustür standen.

Er verabschiedete sich von ihr und ohne es erwartet zu haben, gab er ihr einen flüchtigen Kuss auf die Lippen, gefolgt von einem zweiten.

Hanna fiel in eine Stimmung, die sie schon lange nicht mehr gespürt hatte und diese Stimmung hielt bis zum Abend an, bis ihr Verstand wieder Oberhand gewann.

Dann bekam sie Bedenken.

Es war nur ein Gefühl, aber trotz dieser Verabschiedung, erinnerte sie sich bei ihm ein gewisses Zögern wahrgenommen zu haben, als die Sprache auf ein Wiedersehen kam. Es war bloß ein Gedanke und nebenbei auch unverständlich für sie, doch er manifestierte sich.

Inzwischen war es dunkel geworden.

Hanna erledigte ein paar Kleinigkeiten in ihrer Wohnung, schaltete kurz ihren Computer ein, um ihre Mails zu lesen und eventuell zu beantworten und fand dabei auch ein Schreiben von ihrer Redakteurin, die ihr für die kommende Woche eine Veranstaltung empfahl.

Doch dieses Gefühl, eine Art von Unsicherheit, die sie Harald gegenüber verspürte, wollte sie einfach nicht so belassen und der Sache nachgehen.

Was wäre dabei, wenn ich ihn einfach anrufen würde?

„Hallo Harald, ich wollte nur nachfragen, ob du gut nach Hause gekommen bist."

„Ja, danke. Alles in Ordnung bei dir?"

„Ja ... Und bei dir?"

„Alles in Ordnung."

Vorsichtig begann Hanna das eigentliche Thema zu hinterfragen.

„Ich habe das Gefühl, dass dich irgendetwas beschäftigt hat... Möchtest du mich wieder treffen?"

„Ja, klar."

Doch da war etwas, das sie störte und da ihr Gefühl sie normalerweise nie betrog, wollte sie nicht locker lassen.

„Harald, ich habe einfach den Eindruck, dass es etwas gibt, was du mir nicht sagen möchtest."

Langsam, aber doch, kam er mit der Wahrheit.

„Nun ... Ich finde, du bist eine sympathische, sehr attraktive Frau und wir haben sehr viele Gemeinsamkeiten ... Ich bin mir nur bei einer Sache nicht sicher."

„Dann sag es einfach." Sie hatte keine Ahnung, worauf er anspielte.

Er brauchte einen gewissen zeitlichen Anlauf, aber endlich rückte er mit den Tatsachen heraus.

„Es gibt einfach gewisse Vorstellungen ... sexuelle Vorlieben, die ich mag und ich bin einfach nicht sicher, ob du bereit dazu wärst, auf meine Wünsche einzugehen. Für den Fall, dass du nicht dazu bereit wärst, auf meine Bedürfnisse einzugehen, kann ich dir jedoch nicht versprechen, dass ich mit dir zusammenbleiben würde."

Eine weitere Diskussion darüber war nicht mehr nötig und Hanna legte auf.

KAPITEL 10

„*I*ch danke Ihnen Frau Doktor! Ich werde wirklich Ihren Rat befolgen."

„Sie werden bei meinem Kollegen in guten Händen sein, aber es ist wichtig, dass wir jeder möglichen Ursache nachgehen."

Mit Befund und einem Rezept verließ der letzte Patient des Tages Melissas Praxis.

Doch für Melissa war noch nicht Feierabend, da sie sich erst all den Formalitäten widmen musste.

Davor rief sie kurz ihren Mann an.

„Hallo Schatz, wie weit bist du? Soll ich dich abholen?", fragte Rainer.

„Ich habe noch den Papierkram vor mir. Das wird noch eine Weile dauern. Ich schätze, eine halbe Stunde werde ich sicher noch brauchen."

„Dann mach ich mal langsam Schluss, setz mich ins Auto und komm zu dir."

„Das ist lieb von dir. In letzter Zeit habe ich mit meinem Wagen wirklich Pech. Jetzt ist er schon zum zweiten Mal in der Werkstatt."

„Vielleicht solltest du wirklich überlegen, dir ein neues Auto anzuschaffen. Ich weiß, du magst diesen Wagen, aber gerade weil er schon alt ist, wird er immer öfters zur Reparatur müssen und es wird immer schwieriger werden, die Ersatzteile aufzutreiben."

„Ich weiß", seufzte Melissa, „Ich werde es mir durch den Kopf gehen lassen. Zumindest wüsste ich dann, warum ich in letzter Zeit einen Zusatzverdienst habe."

Melissa musste lachen. „So leicht habe ich noch nie etwas verdient."

„Also dann will ich dich nicht weiter aufhalten, Melissa. Ich hätte auch noch eine Idee. Wie wäre es, wenn wir anschließend noch aus der Stadt fahren? Heute ist ein herrlicher Abend. Es gibt ein nettes Fischrestaurant am Flussufer. Die sollen eine gute Küche haben. Ist das ein Vorschlag?"

„Und ob. Ich werde mich beeilen."

Sogleich beschäftigte sich Melissa mit den schriftlichen Formalitäten und der Post und arbeitete sie auf. Neben Rechnungen, Fachinformationen zu neuen Präparaten fand sie auch noch Befunde, welche die Labors direkt an sie geschickt hatten. Dann waren noch vereinzelt Briefe dabei, die sie öffnete. Es waren Einladungen von Pharmafirmen und zuletzt hielt sie noch ein schlichtes Kuvert in der Hand, das keinen Absender hatte.

Melissa öffnete es und entnahm ein gefaltetes Blatt Papier.

Es beinhaltete nicht viel Text, nur wenige Zeilen:

„Warum haben Sie mir das angetan? Es hätte alles so gut laufen können. Es gibt keinen Ausweg mehr. Nur mehr Verbitterung, Enttäuschung und Hassgefühle!"

Im ersten Moment konnte Melissa die Worte gar nicht verarbeiten und wusste nicht, was sie darüber denken sollte.

Zweifelsohne wollte man sie beunruhigen.

Sie hatte keine Ahnung, wie sie mit diesem Brief umgehen sollte.

Nochmals sah sie sich das Kuvert von beiden Seiten an, aber ohne neue Erkenntnis.

Doch dann spürte sie, wie sich für einen Augenblick ihr Magen verkrampfte. Offensichtlich löste der Verfasser mit seinem Schreiben, das einem verwirrten, kranken Geist erkennen ließ, das erwünschte, beklemmende Gefühl bei Melissa aus.

Sie stand von ihrem Schreibtisch auf, ging zum Fenster, öffnete es und ließ frische Luft in den Raum. Für einen kurzen Moment schloss sie die Augen und nahm einen tiefen Atemzug. Dann setzte sie sich wieder zum Tisch.

Die kleine Unterbrechung half ihr, wieder zu sich zu kommen und in Ruhe zu überlegen.

Der Brief konnte Verschiedenes bedeuten und möglicherweise wollte jemand sie nur ärgern. Sollte sie es auf sich beruhen lassen oder etwas unternehmen?

Es war ja nur ein einziger Brief.

Wichtig war nur, achtsam zu bleiben und sie entschied, selbst ihrem Mann noch nichts davon zu erzählen. Es war nur eine einmalige Sache, vielleicht ...

Die Gegensprechanlage läutete.

Es war Rainer.

Rasch nahm sie den Brief und gab ihn in die unterste Schublade ihres Schreibtisches.

KAPITEL 11

„*I*st das ein Original?"

Wieder einmal hatte Hanna an der Tara eine kleine Diskussion mit einem Kunden über Generika.

„Nein, das ist ein Generikum."

„Mein Arzt hat aber ausdrücklich zu mir gesagt, dass ich das Original verlangen soll."

Für Hanna war es keine leichte Situation. Einerseits wollte sie den Kunden nicht verunsichern, andererseits musste sie ihm mit Feingefühl erklären, dass der Arzt keine Ahnung hatte, was die Kassenverträge betraf. Tatsache war, der Kunde kam mit einem Rezept, auf dem ein Generikum geschrieben war. Für Hanna selbst war es unverständlich, warum der Arzt schließlich noch dazu gesagt haben sollte, der Kunde soll das Originalpräparat fordern.

Zwar könnte er gerne das Original haben, doch auf Grund der Bestimmungen des Hauptverbandes, müsste er das gewünschte Originalpräparat privat zahlen, allerdings war es nicht sehr billig.

„Das heißt, mein Arzt kennt sich nicht aus und er ist schuld."

Trotz Hannas Bemühungen, konnte oder wollte der Kunde es nicht verstehen.

Als sie ihm den hohen Preis nannte, den er zu zahlen hätte, änderte er schlagartig seine Meinung und akzeptierte das Generikum wie verschrieben.

Nachdem er gegangen war, scherzte Carla, die Zeugin des mühsamen Gesprächs gewesen war: „Hanna, das sind mal wieder jene Momente, wo du nicht einfach dein Geld verdient hast, sondern denke dir, dass du jetzt Schmerzensgeld verdient hast."

Die nächste Kundin kam mit einer Verschreibung für eine Anfertigung, einer magistralen Zubereitung.

Hanna warf einen Blick auf die einzelnen Komponenten der Salbe und merkte, wie fragwürdig eine davon war und eigentlich nicht in diese Zubereitung passte. Daraufhin teilte sie der Kundin mit, sie müsse mit dem Arzt vorab telefonisch abklären, ob dies so gewollt war oder möglicherweise ein Fehler vorlag. Manchmal schlichen sich in magistrale Anfertigungen unbeabsichtigte Fehler ein. Ein Grund dafür war, dass Patienten mit diversen Salben zu ihrem Arzt gingen und sie wieder auf ein Rezept aufgeschrieben haben wollten.

Wenn es sich nicht um den Arzt handelte, der dies erstmalig verschrieben hatte, kam es vor, dass vor allem die Ordinationshilfe mit einem leeren Salbentiegel konfrontiert worden war, auf dem die Aufschrift mit der Zusammensetzung bereits verblasst und schwer leserlich war. Dadurch ergaben sich Fehler, die letztendlich beim Apotheker landeten und der für eine Lösung zu sorgen hatte.

Hanna griff zum Telefon und wählte die Nummer des Arztes.

„Guten Tag, Praxis Dr. Neumann. Wie kann ich Ihnen helfen?"

„Guten Tag, Magister Tobinger, Apotheke Wienerwald. Ich möchte gerne mit dem Herrn Doktor sprechen. Es handelt sich um eine zu anfertigende Salbe für eine Patientin."

„Der Herr Doktor ist zurzeit nicht zu sprechen. Um was geht es denn genau?"

Hanna schilderte die Details und hoffte in Folge auf einen baldigen Rückruf. Dass ihr die Stimme am Ende der anderen Leitung schnippisch und arrogant vorkam, war eine andere Sache.

In der Zwischenzeit ging sie wieder ins Offizin und sah, dass Carla gerade den Mann bediente, der sich bereits wiederholt die Müslischnitten mit tropischen Früchten kaufte.

Hanna hatte keine Erklärung dafür, aber auch wenn sie ihn nicht kannte, mochte sie ihn und seine angenehme, aufmerksame Art fiel ihr immer wieder auf.

Als er sie bemerkte, begrüßte sie ihn und sie musste sich ein wenig eingestehen, dass seine Präsenz und sein Lächeln ihren Tag verbesserten.

So spielte wohl das Leben. Da gab es Kleinigkeiten, kurze Begegnungen, die einem das Leben bereicherten, während man auf der anderen Seite bewusst Menschen kennenlernte, die einem letztendlich nichts gaben und bedeuteten.

Doch vielleicht würde der kommende Abend eine Wende bringen. Hanna hatte sich wieder mit jemandem aus dem Internet verabredet.

Trotzdem, in diesem Moment musste sie auch an Gregor denken.

Doch viel Zeit für einen kurzen Tagtraum blieb ihr nicht, denn kurz darauf nahm sie ein Telefonat entgegen.

Es war die Ordinationshilfe, die Hanna sprechen wollte: „Der Herr Doktor möchte, dass sie die Rezeptur durchführen, wie er sie aufgeschrieben hat. Er will das so und es ist selbstverständlich richtig!"

Hanna konnte sich nur wundern. Es lag auf der Hand, dass damit etwas nicht stimmte, doch hatte sie offensichtlich mit einem Arzt zu tun, der sich von seiner Meinung nicht abbringen lassen wollte und darauf beharrte. Ihr tat nur der Kunde leid, der schließlich die Salbe anwenden sollte. Jedoch ließ sie es sich nicht nehmen, etwas auf dem Rezept zu vermerken, selbst wenn es letztendlich keine Bedeutung hatte: Nach Rücksprache mit Arzt, Richtigkeit der Zusammensetzung überprüft.

Als Clara gerade an ihr vorbeiging, meinte Hanna mit einem Anflug einer Frustration: „Wie war das mit dem Schmerzensgeld?"

Abends, nach der Arbeit, traf sie sich mit dem nächsten Unbekannten. Da ihr das kleine Lokal gefiel, in dem sie sich paar Tage zuvor mit Harald getroffen hatte, wählte sie es erneut als Treffpunkt.

Paul war etwas älter als sie, war groß gewachsen, trug Anzug und Krawatte und war beruflich in einer leitenden Position einer renommierten Firma tätig.

Als die beiden ihre Getränke bestellten, merkte Hanna, dass die Kellnerin sie wiedererkannte und ihr ein besonderes Lächeln schenkte.

Hanna fand die Situation lustig und fragte sich, welche Gedanken die Kellnerin wohl gehabt hatte. Möglicherweise war es auch einfach reine Sympathie.

Paul erzählte ausführlich von seiner beruflichen Tätigkeit, welche Interessen er hatte und wie er sich eine Beziehung vorstellen würde.

Zwar fand Hanna ihn nicht unsympathisch, doch spürte sie ziemlich rasch, dass es zwischen ihnen eher neutral ablief. Vielleicht spielte auch eine gewisse Erschöpfung vom Arbeitstag eine Rolle.

Gerade als die Kellnerin ein leeres Glas von ihrem Tisch mitnahm, holte er aus seinem Sakko ein Etui, das diverse Fotos beinhaltete. Bild für Bild zeigte er sie Hanna. Es waren Aufnahmen von seinem Vater, seiner Mutter, seiner beiden Schwestern, seines Schwagers, seiner Nichte, seines Neffen, ...

Hanna war überrascht und als sie aufblickte, glaubte sie eine bestimmte Mimik im Gesicht der Kellnerin erkannt zu haben, die gerade den Nebentisch abräumte. Ihre Mimik war beinahe unscheinbar, doch dennoch interpretierbar. In diesem Fall war wohl Hanna nicht die Einzige, die meinte, es bei einem einmaligen Treffen zu belassen.

Nachdem sie gezahlt hatten und das Lokal verließen, bedankte sich Hanna für das nette Gespräch. Als er sie jedoch nach einem weiteren Treffen fragte, versuchte sie ihm taktvoll zu erklären, dass sie nicht das Gefühl hatte, ein weiteres Kennenlernen würde sie näher bringen. Daher bat sie ihm nicht böse zu sein und hoffte auf sein Verständnis.

Paul nahm es gelassen: „Nun, vielleicht überlegst du es dir nochmals. Manchmal zählen andere Dinge, als gleich verliebt zu sein."

Selbst wenn er nicht unrecht hatte, Hanna wusste genau, dieser Kontakt hatte keine Zukunft.

KAPITEL 12

„*I*ch danke Ihnen für Ihr Kommen und hoffe, Sie konnten ein wenig von diesem Abend profitieren."

Ein begeisterter Applaus durchflutete den Seminarraum, der bis vor wenigen Augenblicken nur von einer Rednerstimme und einem Grundrauschen, verursacht durch die Teilnehmer des Vortrages, erfüllt war.

Die Fortbildung fand im großen Seminarraum des Verlages statt, für den Hanna ihre Kolumnen schrieb.

Es ging um den legalen und illegalen Handel von Medikamenten. Ein Bereich, der in den letzten Jahren immer mehr Bedeutung gewonnen hatte und nicht nur für öffentliche Apotheken von Interesse war.

Es kamen Vertreter von verschiedenen Berufssparten, von Apotheker bis hin zu Konsumentenvertreter. Der Vortragende selbst war von einer Behörde, die für die Sicherheit des Medikamentenhandels zuständig war.

Hanna hatte die Einladung von ihrer Redakteurin bekommen, die ebenfalls teilnahm und wie es bei zahlreichen Vorträgen üblich war, gab es im Anschluss ein Buffet zur Stärkung und zur Möglichkeit des geselligen Beisammenseins.

Da sehr viele der Einladung gefolgt waren, gab es ein dichtes Gedränge.

Zwischen all den Teilnehmern entdeckte Hanna einen Mann, den sie sofort wiedererkannte.

Sie ging auf ihn zu und als er sie wahrnahm, war er sichtlich erfreut, sie wiederzusehen.

„Hallo, Frau Schriftstellerin!"

Es war Gregor Schuhmann, der Journalist von der Buchpräsentation.

„Hallo, Gregor. Wieder aus Deutschland zurück?"

„Ja, aber die Sache ist noch nicht abgeschlossen."

„Haben Sie wieder einen Artikel zu schreiben? Über diesen Vortrag?"

„Nun, er steht im Zusammenhang mit meiner momentanen Arbeit, die auch Recherchen mit sich bringt."

Hanna freute sich ihn wiederzusehen, gleichzeitig war sie doch ein wenig erstaunt, dass sich ihre Wege auf diese Weise kreuzten.

Ebenso wäre sie neugierig gewesen, welche Recherchen und mit welcher Art von Arbeit er im Detail zu tun hatte.

Dass es fachlich mit ihrem Beruf zu tun hatte, war klar. Doch zusätzlich musste sie daran denken, dass ihr Aufeinandertreffen reiner Zufall war und sie nicht einmal wusste, ob er sie trotz Austausch der Telefonnummern tatsächlich angerufen hätte.

Er gefiel ihr, ohne Zweifel.

Sie schätzte ihn als einen Mann ein, der charmant und aufmerksam war, eine Anziehung auf sie ausübte, aber auch auf die eine oder andere Art ein Einzelgänger war, der sein Leben liebte und sich möglicherweise nicht binden wollte. Doch vielleicht gerade deshalb fand Hanna ihn sehr ansprechend.

Er trug Jeans, ein schwarzes Hemd und ein dunkler, fein gemusterter Schal komplettierte sein Gewand.

Er schien ihre Gedanken lesen zu können.

„Ich hatte seit der Rückreise einiges zu tun, aber dass wir uns hier treffen, ist meinem versprochenen Anruf wohl voraus gegangen." Er lächelte sie auf eine Weise an, die ihr eine Wärme in den Kopf trieb.

„Hier in der Nähe gibt es ein nettes kleines Lokal, wo man sich gut unterhalten kann. Haben Sie Lust?"

Mit seiner spontanen Aufforderung hatte Hanna nicht gerechnet, doch sie war ihr willkommen.

In der kleinen Cocktailbar herrschte ein gedämpftes Licht und aus den Lautsprechern erklang eine angenehme, leise Musik, die der Bar zu einer zusätzlich gemütlichen Atmosphäre verhalf. Die beiden setzten sich an einen Tisch in einer Ecke, von wo man die Umgebung gut überblicken konnte und dennoch ungestört war.

Als der Kellner den mit Orangensaft verfeinerten Campari brachte, nahm Gregor das Glas, hob es und mit den Worten „Ich bin der Gregor" lockerte er ihre Umgangsform und die beiden nahmen einen Schluck.

„Was machen deine Kurzgeschichten, Hanna?", fragte er, als sie die Gläser wieder abstellten.

„Sie befinden sich gut aufbewahrt in meiner Lade."

„Hast du schon einmal überlegt sie zu veröffentlichen?"

„Nein, eigentlich nicht. Ich bin nicht sicher, ob sie gut genug sind."

„Probiere doch mal eine ins Internet zu stellen. Es gibt verschiedene Anbieter, wo man Geschichten frei zugänglich machen kann."

Offensichtlich war Gregor überzeugt, dass in ihr ein gewisses Potential steckte. Oder hatte er eine Kolumne von ihr gelesen?

„Und was machst du, wenn du nicht gerade beruflich recherchierst oder schreibst?"

Hanna wollte das Thema wechseln, um mehr von ihm zu erfahren. Mit einem Blick, der scheinbar ins Nichts führte, antwortete er lächelnd: „Ich fliege."

Hanna fand dies etwas Besonderes und fragte weiter.

„Wie bist du zum Fliegen gekommen?"

„Mein Vater hat den Pilotenschein und als ich noch klein war, nahm er mich immer mit. Zum Leidwesen meiner Mutter. Sie hatte immer Bedenken und sie selbst flog nicht gerne. Allerdings wusste sie, wie begeistert ich immer war. Mir ist die Faszination vom Fliegen geblieben und ich habe dann selbst den Pilotenschein gemacht. Das Fliegen erzeugt in mir ein eigenes Gefühl der Freiheit. Man kann alles hinter sich lassen, sieht die Welt aus einer anderen Perspektive und bekommt den Kopf wieder frei."

Hanna konnte ihn nur zu gut verstehen. Auch sie hatte ihre Momente, wo sie einfach alles um sich vergessen wollte. Dies waren jene Momente, wo sie sich in ihr kleines Auto setzte, die Stadt hinter sich ließ und zu einem kleinen See fuhr, der nicht all zu weit von Wien entfernt war. Dort konnte sie die Natur in sich aufnehmen und die Pferde auf der nahe gelegenen Koppel beobachten, bis sie wieder aufbrach, um in die Stadt zurück zu fahren.

„Wie bist du zur Pharmazie gekommen?"

Sie nippte an ihrem Glas.

„Ich habe schon immer die Naturwissenschaften gemocht. Pharmazie ist ein sehr abwechslungsreiches Studium und vereint viele verschiedene Gebiete. Ich war eine Zeit lang auch als Tutorin tätig und habe versucht, den verzweifelten Studenten zu helfen mit ihren Proben weiterzukommen." Dabei musste sie lachen, da unweigerlich einige Vorfälle in Erinnerung kamen und die vor ihr bildlich erschienen.

„Welche Art von Proben?"

„Drogen oder besser gesagt, Pflanzen."

„Du kennst dich mit Pflanzen gut aus?"

„Ganz gut."

„Sagt dir der Name Xiancao etwas?"

Die Frage über eine nicht alltägliche Pflanze überraschte Hanna und sie brauchte einen kleinen Augenblick, um ihr Wissen darüber zu bündeln.

„Das bedeutet Kraut der Unsterblichkeit. Eine Pflanze, von deren Existenz man schon in China sehr lange weiß. Sie wurde bereits in sehr frühen Aufzeichnungen gefunden und ist seit Jahrhunderten in bestimmten Regionen Südchinas bekannt. Der Aufguss der Blätter schmeckt süß-herb und der Tee soll eine belebende und verjüngende Wirkung haben. In den siebziger Jahren hat man schließlich die gleichen Substanzen darin entdeckt, die auch für den Ginseng berühmt geworden sind. Die Ginsenoside. Man hat auch organische Verbindungen gefunden, die an der Hormonsynthese beteiligt sind. Dem Tee werden viele weitere Wirkungen nachgesagt. Er verhindert stressbedingte Krankheiten, wirkt immunsystemstärkend, ist ein Antioxidants, soll gegen Schlaganfall wirken und sogar krebshemmend sein. Die Pflanze trägt auch andere Namen ...“

„Jiaogulan. Amachazuru. Das bedeutet in Japan süße Teeranke.“

Hanna war beeindruckt von Gregors Wissen und zugleich erstaunt.

„Du beschäftigst dich mit Pflanzen?“, fragte sie.

„Nein. Diese Pflanze hat nur mit meinen Recherchen zu tun.“

Hannas Neugier war geweckt und sehr gerne hätte sie gewusst, was ein Journalist mit dem Kraut der Unsterblichkeit zu tun hatte.

„Hast du schon einmal etwas Negatives über diese Pflanze gehört?“, wollte er wissen.

Sie schüttelte langsam den Kopf. Seine Frage klang zwar bedeutungslos, doch glaubte sie nicht ganz, dass er sie nur beiläufig stellte.

„Ist es möglich, dass sich in der Wirkung etwas verändern kann, wenn man daraus Kapseln macht?“

Es war eindeutig, doch hatte Hanna keine Ahnung, worauf er hinaus wollte.

„Ja, das kann schon sein. Wenn man die Pflanze in eine Kapsel verpacken möchte, so wird man von einem Extrakt ausgehen. Das bedeutet, man nimmt ein Lösungsmittel und dadurch werden Inhaltsstoffe der Pflanze extrahiert. Natürlich ist es abhängig vom verwendeten Lösungsmittel. So werden, wenn man einfaches Wasser verwendet, sich andere Substanzen aus der Pflanze lösen, als zum Beispiel mit einem Alkoholgemisch."

„Und wie kommt dieses Alkoholgemisch in die Kapsel?"

„Indem Hitze und eventuell Druck angewendet wird. Das Lösungsmittel entweicht und wenn es komplett entfernt wird, hast du ein Trockenextrakt vorliegen und das kann problemlos in eine Kapsel verarbeitet werden."

„Das klingt einfach."

„Im Prinzip ja, nur sind noch weitere Faktoren zu bedenken."

„Und welche?"

„Wenn etwas Qualität besitzen soll, muss daher jede einzelne Packung gleichwertig sein. Das erreicht man, indem auf die Inhaltsstoffe geachtet wird. Deshalb gibt es genaue Vorschriften, beginnend vom Anbau der Pflanzen bis hin zu der Herstellung, auch Kontrollen dazu und die daraus resultierenden Dokumentationen. So funktioniert es auf jedem Fall bei pflanzlichen registrierten Arzneimitteln. Hier hat man auch eine bestimmte Wirkung durch Studien nachgewiesen. Das ist vielen nicht bewusst, denn oft passiert es im Alltag, dass ein Mittel verlangt wird und dazu gesagt wird, man möchte nichts Homöopathisches. Viele verbinden pflanzliche Präparate damit, dass sie nicht wirken. Abgesehen davon, ist Homöopathie ein ganz anderer Bereich und hat mit Phytotherapie nichts zu tun. Übrigens kann man nicht sagen, dass Homöopathie nicht wirkt."

„Du hast pflanzliche registrierte Arzneimittel erwähnt. Wie ist das bei Nahrungsergänzungsmittel?"

„Das ist ein ziemlicher undurchschaubarer Dschungel. Da gibt es viele Unterschiede. Manche Präparate sind gut und die diversen Firmen sorgen für Qualität und Standard. Manche Präparate allerdings besitzen doch eine gewisse Fragwürdigkeit. Vor allem wird es dann unübersichtlich, wenn man an den Internethandel denkt."

Gregor nahm einen tiefen Atemzug.

„Das scheint ein sehr komplexes und kompliziertes Thema zu sein."

„Das ist es. Der Unterschied zu einem Medikament ist, dass hier einfach eine bestimmte chemische Verbindung für eine Wirkung verantwortlich ist. Bei einem pflanzlichen Präparat ist es nicht eine einzige Verbindung, sondern das gesamte Extrakt ist dafür verantwortlich. Natürlich gibt es wiederum Ausnahmen, wie die herzwirksamen Glykoside. Es ist schwierig, die Übersicht zu behalten. Doch bei Firmen, die ihre Produkte über Internet vertreiben, fragt man sich berechtigt, welchen man vertrauen kann und welche seriös sind."

Hanna hätte nicht gedacht, Gregor einen Vortrag über Pflanzen zu halten, denn eigentlich wollte sie ihn einfach kennenlernen.

Sie nahm einen weiteren Schluck, stellte das Glas wieder auf den Tisch und lächelte ihn an. Sie merkte, wie er kurzzeitig in Gedanken war und sie versuchte die Stimmung aufzulockern.

„Ich hoffe, ich habe dich nicht gelangweilt."

Er sah ihr in die Augen und schenkte ihr ein warmherziges Lächeln.

„Ich hoffe, du hast nicht den Eindruck, ich wollte dein Wissen ausnützen."

„Ich habe mich nur gewundert, warum du mich danach gefragt hast."

„Es gibt zurzeit ein paar Dinge, denen ich nachgehe."

Nur zu gern hätte sie mehr davon wissen wollen.

„Klingt interessant", meinte sie, in der Hoffnung, er würde ihr von seiner Arbeit erzählen. Wieder bemerkte sie den in Gedanken versunkenen Blick bei ihm. Nicht, dass er ihr keine Aufmerksamkeit schenkte, doch dennoch spürte sie, dass er zuweilen über etwas nachdachte.

Mit einer ruhigen und etwas leisen Stimme antwortete er ihr: „Ich war in Deutschland, um mich persönlich mit jemandem zu treffen, der mir Informationen gab, von denen ich noch nicht genau weiß, ob sie wertvoll oder vielleicht doch nicht von Bedeutung sind."

Zumindest gab Gregor ihr einen kleinen Hinweis, wenn auch unbedeutend, denn im Grunde war er wenig aussagekräftig.

Leicht enttäuscht sah Hanna zur Eingangstür hinüber, die sich gerade öffnete und ein junges Paar betrat das Lokal.

Als Hanna wieder Gregor ansah, bemerkte sie, wie er diesen Augenblick nützte, um sie zu betrachten. Dabei lächelte er sie auf eine Weise an, die sie schon einmal bemerkt hatte und die ihr abermals eine Wärme ins Gesicht zauberte. Gleichzeitig empfand sie etwas, das ihr erst in jenem Moment bewusst wurde.

Das Gefühl der Vertrautheit, als ob sie ihn schon länger kennen würde. Obwohl er ihr nicht viel von sich erzählt hatte, spürte sie es dennoch.

Mittlerweile war es sehr spät am Abend und als ihre Gläser leer waren und Gregor die Rechnung übernommen hatte, fragte er, ob er sie nach Hause bringen dürfte.

Nach einer nicht zu langen Fahrt, erreichten sie Hannas Wohngegend und Gregor parkte nur wenige Meter von ihrer Haustür entfernt. Er stieg aus dem Auto, ging herum zur Beifahrertür und öffnete sie. Als Hanna ihm gegenüber stand, bedankte sie sich für die Einladung.

„Ich danke dir, Hanna." Er näherte sich ihr und gab ihr einen sanften Kuss auf die Wange.

„Ich würde dich gerne wiedersehen."

Es waren nur wenige Worte, doch sie reichten, um in ihr für den Rest des Abends ein Glücksgefühl zu erzeugen.

KAPITEL 13

„*D*u bist von ihm ziemlich angetan. Ist es nicht so?"

Hanna und Sophie trafen sich in der Mittagspause auf ein Schinken-Käse-Toast und genossen es, gemütlich beisammen zu sitzen und sich zu unterhalten.

Bei Sophies Feststellung sah Hanna besonnen durch das große Glasfenster auf die Straße, wo Passanten in raschen Schritten vorbeigingen und man sich unwillkürlich wunderte, ob die vielen Menschen ebenfalls Mittagspause hatten oder nicht arbeiten gingen. Ein Phänomen, das Hanna schon oft genug aufgefallen war.

Sophie blickte sie erwartungsvoll an.

„Ich fühle mich in seiner Anwesenheit sehr wohl", erwiderte Hanna schließlich und erinnerte sich dabei an die weiteren Treffen der vergangenen drei Wochen.

„Wie verstehen uns gut und haben viel Spaß", setzte Hanna fort, „Wir waren sogar am kleinen Flughafen, wo er eine Maschine mietete und wir flogen eine kleine Runde. Ich war ziemlich aufgeregt, denn es ist ein ganz anderes Gefühl als wenn man in einem großen Linienflugzeug sitzt. Es war ein Erlebnis, das ich nicht vergessen werde."

„Ich bin sicher, ihr werdet das wieder machen."

„Vielleicht."

Sophie merkte Unsicherheit in Hannas Stimme und wollte mehr wissen.

„Was ist los, Hanna? Was hast du für Zweifel?"

Hanna atmete tief durch, bevor sie antwortete.

„Ich genieße es, wenn wir zusammen sind. Nur, einerseits vermittelt er mir das Gefühl, er ist interessiert und dann wiederum nicht. Er verhält sich mir gegenüber völlig korrekt. Zu korrekt muss ich gestehen."

„Na dann küsse ihn einfach und zeige ihm, was du möchtest."

Sophies direkte Art war zwar für sie nicht immer nachvollziehbar, doch in diesem Fall hatte sie vermutlich recht. Sie mochte die gemeinsamen Stunden mit Gregor sehr und zögerte anzusprechen, was ihr durch den Kopf ging. Sie befürchtete, dass ihre Bedenken einen wahren Kern hätten, wodurch es zu einem Abbruch kommen könnte und daher wollte sie mit einem klärenden Gespräch so lange zuwarten, wie es möglich war.

„Hanna, ich verstehe dich ja und das ist alles gut und schön. Nur, ist das nicht zu wenig? Es sei denn, du bist mit dieser Situation zufrieden."

Hanna lächelte, schüttelte den Kopf und sah Sophie fest in die Augen: „Glaube mir, das bin ich nicht."

„Dann unternimm etwas!"

Als Hanna nach der Mittagspause zurück in die Apotheke kam, war das Offizin voll mit Kunden.

Clemens, Hannas Kollege, war mit Philipp in der vergangenen Stunde alleine gewesen. Obwohl der

Lehrling sehr bemüht und aufmerksam war, fehlte es ihm an Wissen und Routine, wodurch Clemens in Folge doppelt gefordert war.

Clemens war ein Profi in schwierigen und hektischen Situationen, doch bemerkte Hanna eine gewisse Anspannung hinter seiner ruhigen Art.

Philipp hingegen versuchte seine Unsicherheit zu verbergen und hörte einer alten Dame aufmerksam zu, die gerade ihr Herz bei ihm ausschüttete.

Auch Clemens war in ein längeres Gespräch verwickelt.

Obwohl Hanna beim Vorbeigehen nur Bruchstücke mitbekam, hörte sie, dass es sich offensichtlich um eine Diskussion mit einem ihrer Substitutionspatienten handelte, der versuchte, sein legales Suchtgift bereits im Voraus zu bekommen.

Nachdem Hanna sich umgezogen hatte, ging sie zu Philipp und löste ihn ab, der sofort zum Telefon lief, das zur gleichen Zeit erbarmungslos läutete.

Die alte Dame erzählte auch Hanna ihr Leid.

Hanna kannte die Dame, die sehr oft bei ihren Apothekenbesuchen von ihren Schlafproblemen erzählte und wie schlecht es ihr in den Nächten erging. Ebenso, dass es in der Apotheke nichts gäbe, was ihr helfen könnte, trotz des großen Sortiments.

Hanna versuchte mit aufmunterten Worten ihre Stimmung etwas zu heben. Gleichzeitig wusste sie, wie schwer es war, jemandem auf psychischer Ebene zu helfen, vor allem, wenn Einsamkeit hinzukam.

Nachdem die alte Dame gegangen war, sagte die Kundin, die geduldig hinter ihr gestanden war: „Sie haben es auch nicht immer leicht. Sie müssen ja auch die Rolle eines Seelsorgers übernehmen."

Doch auch Clemens war in keiner leichten Situation.

Er blieb ruhig, jedoch beharrlich. Der Substitutionspatient versuchte seinerseits mit all seiner Überredungskunst seinen Wunsch nach dem Morphin durchzusetzen. Clemens Erklärung, die Apotheke sei nur die abgebende Stelle und jede Art von Abänderung wäre durch den Amtsarzt schriftlich zu vermerken, war ihm bekannt.

Trotzdem lotste er Clemens Gutmütigkeit aus, ob dieser ihm nicht doch seiner Bitte nach der Dosis für den nächsten Tag entgegen kam.

Schließlich jedoch musste er erkennen, dass Clemens vom Abgabemodus, vermutlich auch aus misstrauischen Gründen, nicht abwich und so verließ er murmelnd die Apotheke.

Als Hannas Kundin zu Clemens blickte, wiederholte sie ihre Aussage: „Nein, wirklich nicht einfach."

Nachdem sich die Warteschlange mit der Zeit aufgelöst hatte, verlief der Nachmittag fließend, ohne zu viel Stress und weitere Auffälligkeiten.

Gegen Abends kam Herr Windisch, der in den letzten Monaten seine schwer kranke Frau pflegte.

Hanna kannte Frau Windisch und hatte sie als eine nette und stets modisch gekleidete Frau in Erinnerung. Sie kam allerdings schon lange nicht mehr selbst in die Apotheke.

Hanna konnte sie gut leiden und ließ jedes Mal Grüße über ihren Mann ausrichten und gab ihm öfters Proben aus der Kosmetik für sie mit.

Auf Grund der fortgeschrittenen Krebserkrankung wusste Hanna, dass sie die Frau vermutlich nicht mehr sehen würde, da sie bereits in einem Stadium war, in dem sie zu schwach war, das Haus zu verlassen.

Als Herr Windisch ihr gegenüber stand, merkte sie ihm seine Unruhe und Nervosität an.

„Meine Frau hat Schmerzen und ich soll das für heute Nacht besorgen. Ich hoffe, Sie haben es."

Hanna musste ihm jedoch leider mitteilen, dass sie es nicht vorrätig hatte und es zu bestellen war. Gleichzeitig war ihr bewusst, es handelte sich bei dieser Verschreibung um ein Medikament, das vor allem dann verschrieben wurde, wenn weder Heilung noch Besserung einer Krankheit möglich war und dieses nur helfen sollte, um den Patienten von seinen Schmerzen weitgehend zu befreien.

Doch obwohl die Apotheke öfters am Tag eine Lieferung vom Großhandel erhielt, war die letzte Bestellung des Tages bereits draußen.

Hanna nahm sich das Buch, in dem sämtliche Apotheken Wiens vermerkt waren und wählte die Telefonnummer der Nachbarapotheke.

Doch ohne Erfolg. Auch sie hatten das Schmerzmittel nicht.

Sie rief die nächste Apotheke an, wieder ohne Ergebnis.

Dann die dritte und die vierte Apotheke, die annähernd in der Umgebung waren. Doch in keiner hatte sie Glück.

Sie hätte noch weiter die über dreihundert Apotheken in Wien anrufen können, doch die Zeit schritt voran. Einerseits konnte sie Herrn Windisch nicht zumuten, lange Fahrten aufzunehmen, anderseits näherte sich der Geschäftsschluss, wodurch nur mehr jene Apotheken in Frage kamen, die Nachtdienst hatten.

Nachtdienst. Es gab noch eine Möglichkeit, die sie nicht unversucht lassen wollte.

„Guten Abend, Apotheke Wienerwald. Besteht vielleicht die Chance, dass wir für unseren Nachtdienst etwas bestellen können? Es ist ein Notfall."

Hanna hatte den Großhandel am Ende der Leitung. An jenen Tag hatten sie selbst Nachtdienst, den Carla machen würde.

„Warten Sie einen Moment. Ich muss nachfragen, ob wir einen Fahrer schicken können."

Hanna blieb in der musikalischen Warteschleife, die ihr wie eine Ewigkeit vorkam. In der Zwischenzeit waren es zehn Minuten vor Schließung.

Doch dann meldete sich die Dame von der Telefonzentrale wieder.

„Hallo? Ja, das geht in Ordnung. Voraussichtlich um neunzehn Uhr dreißig wird der Fahrer bei Ihnen sein. Was würden Sie denn brauchen?"

Selbst für Hanna war es eine Erleichterung und sie gab die Nachricht an Herrn Windisch weiter. Sie schrieb sich seine Telefonnummer auf und schlug ihm vor, ihn anzurufen, sobald sie das Medikament bekommen hatte, um ihm unnütze Wartezeiten zu ersparen. Auch wenn ihr eine Uhrzeit von der Telefonistin gesagt worden war, lag es nahe, dass der

Fahrer sowohl früher als auch später kommen konnte.

Nur knapp, nachdem Herr Windisch gegangen war, betrat Carla, die ausgeruht für ihren kommenden Nachtdienst gewappnet war, die Apotheke und wurde sogleich von der Lieferung, die nachträglich bestellt wurde, in Kenntnis gesetzt.

Noch in Gedanken bei Frau Windisch, begrüßte Hanna ihren wohl letzten Kunden des Tages.

Herr Langfelder.

„Ist die Frau Apothekerin zu sprechen?"

In der Hand hielt er einen bunten Tiegel und einen Folder.

Er wollte ihre Chefin sprechen, obwohl im Grunde genommen mit dem Begriff „Apotheker" jeder Pharmazeut in der Apotheke gemeint war. Jedoch diese Anrede wurde zur üblichen Gewohnheit für den Chef.

„Frau Magister Weninger ist heute nicht hier. Kann ich Ihnen helfen?"

Obwohl Hanna wusste, dass ihre Frage nur pro forma war und nicht viel Sinn bei ihm machte, stellte sie diese der Höflichkeit wegen trotzdem.

„Ich habe diese Gesichtscreme bestellt oder besser gesagt, meine Frau. Sie verträgt diese Creme allerdings überhaupt nicht. Die Arme hat rote Flecken bekommen, die auch teilweise jucken. Ich bin zwar kein Mediziner, aber manche Flecken erinnern mich von der Optik an Pigmentflecken. Ich wollte die Frau Apothekerin fragen, was sie zu dieser Creme meint. Das Werbematerial dazu habe ich ihr ebenfalls mitgebracht. Ich habe von dieser Firma schon einmal ein Schreiben zugeschickt be-

90

kommen, über etwas zum Einnehmen. Vielleicht kann sich die Frau Apothekerin das auch näher ansehen."

Hanna nahm den Tiegel und den Werbefolder entgegen.

Sie hätte am liebsten den Kopf geschüttelt und ihren Unmut offenbart, denn für diese Taktik fehlte es ihr an Verständnis.

Sie nahm die vom Kunden ausgehändigten Sachen entgegen und versicherte ihm, sie würde diese auf dem Schreibtisch ihrer Chefin legen.

Als er gegangen war, warf sie einen kurzen Blick auf das Prospekt.

Es enthielt viel Text neben einem Bild des Produktes, das die Creme auf Grund seiner Gestaltung hervorragend präsentierte. Man sah einen geöffneten Tiegel und den elegant aussehenden Überkarton. Sogar eine Person war zusätzlich abgebildet.

Dabei erinnerte sich Hanna an das Werbematerial, das sie vor einigen Wochen im Büro ihrer Chefin gesehen hatte, denn auch jenes stammte von Herrn Langfelder.

Die beiden Fotos der gezeigten Person waren ident.

Hanna las die Überschrift, die den Verbraucher zum Kauf animieren sollte:

„Eine Anti-Age Creme, die wirkt."

KAPITEL 14

Selbst am Abend waren die Temperaturen noch hoch und die Mauern der Gebäude, die die Hitze des Sommertages gespeichert hatten, gaben zusätzlich die übersättigte Wärme ab.

Als Hanna zu Hause war, wechselte sie die Kleidung und zog sich ein ärmelloses T-Shirt und Shorts an. Dann griff sie nach der Gießkanne, um ihre Blumen auf dem Balkon zu versorgen. Sie öffnete die Balkontür und schlüpfte in ihre Sandalen.

Trotz der Grünanlagen, die sich um das Haus befanden, konnte sie noch deutlich die gestaute Wärme spüren.

Während sie die Blumen goss, dachte sie an Herrn Windisch und seine Frau und hoffte, dass die Wartezeit auf das Schmerzmittel bald zu Ende ging.

In ihrer Arbeit war sie öfters mit schweren Krankheiten konfrontiert. Doch auch wenn sie in vielen Fällen nur mit den Verwandten der Betroffenen zu tun hatte, dachte sie an die Erkrankten selbst, die einst persönlich die Apotheke aufsuchten.

In diesem Zusammenhang dachte sie an so manchen Kunden von früher und es wurde ihr bewusst, wie viele sie bereits lange nicht mehr gesehen hatte und auch nicht mehr sehen würde.

Gerade als sie in ihren Gedanken versunken war, läutete das Handy.

Es war jene Person, der sie in letzter Zeit viele Gedanken geschenkt hatte.

„Hallo Hanna! Störe ich?"

Was für eine Frage, dachte sie.

„Nein, natürlich nicht, Gregor. Wie geht es dir? Wie war dein Tag?"

„Danke, er war recht interessant. Ich habe auch so einiges weitergebracht."

Im selben Augenblick kamen Hanna noch weitere Überlegungen, die sich alle um ihn drehten. Sie mochte seine Stimme, die ruhig und ausgeglichen klang. Sie hörte ihm gerne zu. Doch obwohl sie sich von ihm angezogen fühlte und dieses Empfinden mit jedem weiteren Treffen stärker und intensiver wurde, wusste sie jedoch nicht, was er für sie fühlte und wie er zu ihr stand. Zwar hatten sie sich in der letzten Zeit oft gesehen, auch rief er sie regelmäßig an. Ebenfalls zeigte er mit Gesten, dass er ihre Gegenwart genoss und dennoch ...

Hatte Sophie mit ihrer energischen Aufforderung etwa recht?

Hanna wusste, sie musste etwas unternehmen, um zu erfahren, wie sie bei ihm dran war.

Trotzdem zögerte sie.

Hatte sie eine Vorahnung auf Grund ihrer realistischen Denkweise? Sie konnte Situationen normalerweise gut einschätzen. Oder war sie einfach nur vorsichtig wegen ihrer vergangenen Erlebnisse? Erfahrungen prägen einen Menschen und helfen mitunter einen Fehler nicht zweimal zu begehen. Allerdings können sie einen auch hemmen, sodass eine neutrale Sichtweise erschwert wird. Daher war vielleicht auch nichts dran, denn er schien zumindest Vertrauen zu ihr zu haben.

„Hanna, ich rufe dich wegen einer bestimmten Sache an. Ich habe in ein paar Tagen einen Termin bei einem Herrn Doktor Koch. Kennst du ihn?"

Der Name war ihr bekannt, wenn sie auch kurz überlegen musste, woher sie ihn kannte.

„Koch … Doch, na klar kenne ich ihn. Er ist auf der Uni in der medizinischen Abteilung für Analytik tätig. In meiner Studienzeit ist er gerade Dozent geworden. Jedenfalls ist er ein sehr kompetenter Mann in seinem Fach. Aber was hast du mit ihm zu tun?"

„Er ist ein Bekannter von mir und ich habe ihn um einen Gefallen gebeten. Die Ergebnisse liegen nun vor und daher treffe ich mich demnächst mit ihm. Ich wollte wissen, ob du mitkommen möchtest? Sozusagen als Verbindungsglied zwischen Wissenschaft und Bezug zu Laien. Ich hätte dich einfach gerne dabei."

Hanna fühlte sich geschmeichelt, wenn auch überrascht.

Selbst wenn sie sich über die Zusammenhänge nicht im Klaren war und nicht über den Grund Bescheid wusste, freute sie sich darüber.

Möglicherweise interpretierte sie tatsächlich in seine Art zuviel hinein und ihre Bedenken waren grundlos. Dass er ein Freigeist war, wusste sie von Beginn an.

Gerade als sie auf der kühlen, metallenen Bank in der Aula des Pharmaziezentrums Platz nahm, öffnete sich die breite Tür neben der Portierloge und jede Menge Studenten schwärmten aus dem dahinterliegenden Hörsaal.

Einige von ihnen verließen auf geradem Weg das Gebäude und gingen dabei an Hanna vorbei. Ein anderer Teil ging durch die beiden Glastüren. Diese Glastüren trennten die Aula mitsamt ihren Zugängen zu den Hörsälen von einem anderen Abschnitt des Gebäudes, der die verschiedenen Institute beherbergte.

Kombiniert wurde diese Szene mit der dazupassenden Akustik von Stimmen der jungen Leute, die eifrig in diverse Gespräche vertieft waren. Manche von ihnen unterhielten sich über die Vorlesung und die Schwierigkeit des Mitschreibens und Verstehens, manche kritisierten den Professor und manche wiederum schmiedeten Pläne für den kommenden Abend.

Hanna fühlte sich in ihre eigene Studienzeit zurückversetzt.

Als sie zu studieren begonnen hatte, wurde das Gebäude gerade fertig gestellt und hatte den großen Vorteil, dass sämtliche Vorlesungen und Übungen in diesem Zentrum stattfanden. Das war nicht immer so, denn davor mussten die Studenten zwischen ihren einzelnen Veranstaltungen zu den diversen Instituten fahren, die sich ein wenig verstreut in Wien befanden.

Selbst Hanna erlebte dies noch in ihrem ersten Jahr.

Ihre erste chemische Vorlesung hatte sie in einem alten Hörsaal, der zusätzlich eine Galerie im ersten Stock hatte, um mehr Studenten Platz zu bieten. Eine weitere Vorlesung war im Biozentrum, das neben dem Pharmaziezentrum war. Hanna erinnerte sich noch, als sie zum ersten Mal das Biozentrum betrat und Schwierigkeiten hatte, sich zu Recht zu finden. Damals machte sie die Erfahrung, den Hörsaal zu finden, indem sie andere Studenten beobachtete und ihnen folgte, was auch meistens geklappt hatte. Ebenso erinnerte sie sich auch an eine Prüfung auf der Universität für Bodenkultur. Als sie im Anschluss das Gebäude wieder verlassen wollte, merkte sie nicht, wie sie, noch in Gedanken versunken, eine andere Treppe benutzte, kurzzeitig die Orientierung verlor und in Folge, sich allein in einem menschenleeren Gang wiederfand.

Das Pharmaziezentrum selbst wurde über einem Bahnhof gebaut, was auch seine Tücken hatte. So spürte man ein leichtes Vibrieren, beziehungsweise ein leises Geräusch von den darunter durchfahrenden Zügen, was zur Folge hatte, dass ein sehr empfindliches Analysegerät beim Einzug in das neue Gebäude nicht mitkommen durfte.

Das Pharmaziezentrum löste noch viele weitere Erinnerungen in Hanna aus. Selbst die Bank, auf der sie saß, erinnerte sie an eine Geschichte. Sie saß am selben Platz, als sie vor vielen Jahren auf eine Prüfung gewartet hatte. Es war eine schriftliche Prüfung, die im Hörsaal stattfand, der nur wenige Meter entfernt war. Sie erinnerte sich, wie sie sich wunderte, dass kaum Studenten zu sehen waren und diese scheinbar ebenfalls auf den Beginn warteten. Durch Zufall erfuhr sie von jemandem, dass die Prüfung zeitlich vorverlegt wurde und im Hörsaal bereits im Gange war.

Sie wusste noch genau, welchen Schrecken sie dabei empfand, als ihr die schlechten Nachrichten mitgeteilt wurden. Vor allem, da es sich um eine unangenehme Prüfung handelte, zu der sie bereits zum zweiten Mal antreten sollte.

Ihre Gedanken, die sich noch eben mit der Vergangenheit beschäftigten, wurden durch eine vertraute Stimme in die Gegenwart zurückgebracht.

Gregor, mit dem sie sich in der Aula verabredet hatte, um gemeinsam zu seinem Termin mit Doktor Koch zu gehen, stand vor ihr und lächelte sie liebevoll an.

„So in Gedanken?"

„In diesem Gebäude stecken viele Erinnerungen."

„Nicht nur schöne, so wie dein Blick gerade zu interpretieren war."

Hanna schüttelte den Kopf und stand auf.

„Wichtiger ist jetzt, warum triffst du dich eigentlich mit Doktor Koch?"

Gregor sah auf seine Armbanduhr und deutete ihr sich nochmals zu setzen.

Nachdem er es ihr gleich getan hatte, überlegte er kurz und begann schließlich zu erzählen.

„Du weißt doch noch, dass ich vor ein paar Wochen in Deutschland war?"

Hanna nickte und er setzte fort.

„Ein Bekannter, den ich über das Fliegen kennengelernt habe, kontaktierte mich und erzählte mir über einen Freund, der im IT-Bereich in einer kleinen Firma beschäftigt ist. Diese Firma vermarktet eine Serie von Anti-Age Produkten, dazu gehören auch Leberschutzkapseln und Gesichtscremen. Allerdings verläuft der Verkauf nicht über Geschäfte, sondern über das Internet. Die Werbung funktioniert auch über den Postweg. Du kennst ja das Procedere. Man bestellt sich etwas von einer Versandfirma und beim Erhalt des gewünschten Paketes ist noch ein weiteres Werbematerial zugepackt worden. Dazu gibt es dann noch diese Geschenke. So macht das auch diese Firma. Jedenfalls betreut dieser Freund ihre Homepage und ist auch verantwortlich für die eingehenden Mails, beziehungsweise leitet er sie weiter. Dabei ist ihm in letzter Zeit aufgefallen, dass sich die Beschwerden über jene Präparate, die eingenommen werden, häuften. Weiters beobachtete er einige Gemeinsamkeiten dieser Beschwerden. So klagten die Konsumenten beginnend von Übelkeit, Erbrechen, Durchfall bis hin zu allergischen Reaktionen. Irritiert hat ihm schließlich, dass es von Seiten seiner Firma keine Stellungnahme gab. Also versuchte er auf eigene Faust dem nachzugehen und so kam ich ins Spiel. Er bat einige Personen im Freundeskreis die Präparate zu bestellen und nach der Zustellung bekam ich sie dann ausgehändigt, nahm sie nach Wien mit und gab sie meinem Bekannten weiter."

„Doktor Koch."

„Das ist richtig. Ich war mir natürlich anfangs nicht sicher, ob er vielleicht den Hang zum Übertreiben hat oder ob wirklich etwas dahinter sein könnte."

„Das verstehe ich. Immerhin sind die aufgezählten Beschwerden nichts Besonderes."

„Du selbst hast mir schließlich bestätigt, was alles hinter einem Nahrungsergänzungsmittel stecken könnte und ich folgte meinem Gefühl."

„Das Kraut der Unsterblichkeit."

„Ja, genau."

„Aber warum über dich und Wien? Es gibt doch in Deutschland ebenfalls zahlreiche Labors, die ihre Dienste anbieten", wendete Hanna ein.

„Ja sicher. Nur, es geht ja hier auch um Diskretion und Verlässlichkeit und Doktor Koch kenne ich persönlich und ich vertraue ihm. Es kann immerhin sein, dass sich alles als Unsinn herausstellt."

Das verstand sie.

„Nun, es wird Zeit. Wollen wir gehen?"

KAPITEL 15

*H*anna und Gregor gingen durch eine der beiden Glastüren, durch die noch vor kurzem jene Studenten gingen, die Hanna zuvor beobachtet hatte.

Hinter der Glastür befand sich ein breiter und langer Gang, der durch zusätzliche Bänke, die als weitere Sitzgelegenheiten dienten, und Pflanzen, die den Gesamteindruck der weißen Wände, auflockerten.

Blickte man vom Gang hinauf, so konnte man die Höhe des Gebäudes wahrnehmen, da jedes Stockwerk frei sichtbar und nur durch weitere kleine Gänge an den Seiten verbunden war.

Hanna musste unweigerlich daran denken, als sie zum ersten Mal durch das Pharmaziezentrum gegangen war und ihr der architektonische Vergleich mit einem Gefängnis gekommen war.

Der lange Gang wurde nur durch Glaswände und Glasaufzüge unterbrochen, wodurch es wieder zur Bildung von Sektionen kam und in den Stockwerken wiederum gab es weitere Glastüren an den Seiten. Dahinter waren jeweils die verschiedenen Abteilungen der Institute untergebracht.

Vor einer dieser zahlreichen Glastüren im dritten Stock blieben Hanna und Gregor stehen. Sie war der Zugang zu der medizinischen Abteilung für Analytik.

Neben der Tür war ein Schild angebracht, auf dem die Namen der Personen standen, die ihre

Büros in diesem Bereich hatten, und eine Türklingel.

In die Abteilung konnte man nur mit einem passenden Schlüssel, da die Tür für Unbefugte versperrt war.

Gregor drückte auf die Klingel und kurz, nachdem das Läuten zu vernehmen war, kam ein schlanker, blondhaariger Mann, der eine Brille trug, aus einem der Räume der Abteilung ihnen entgegen und öffnete die Tür.

„Hallo Walter! Danke, dass du dir Zeit genommen hast."

„Ich sehe, du hast eine charmante Verstärkung mitgenommen?"

Nachdem Gregor die beiden Pharmazeuten einander vorgestellt hatte, gab Doktor Koch Hanna die Hand zur Begrüßung.

„So, Sie sind also eine Kollegin. Freut mich. Gregor scheint wohl das richtige Gespür zu haben."

„Dann hast du etwas herausgefunden?", fragte Gregor.

„Ja ... das auch", antwortete Doktor Koch und schenkte Hanna ein aussagekräftiges Lächeln, bevor er sie in sein Büro bat.

Sein Zimmer war nicht gerade groß, aber sehr hell und hatte Platz für ein Bücherregal und einen breiten Schreibtisch mit einem Lederdrehsessel und gegenüber waren zwei weitere Stühle für Gäste. Auf dem Fensterbrett hatte er ein paar bunte Blumentöpfe stehen und in einer Ecke neben dem Fenster befand sich eine Fächerpalme.

Nachdem sie sich gesetzt hatten und Doktor Koch ihnen etwas zu trinken angeboten hatte, nahm er eine dünne Mappe aus Karton zur Hand und öffnete sie.

„Nun Gregor, du hast völlig richtig vermutet. Die Proben haben einige Auffälligkeiten gezeigt. Ich muss natürlich dazu sagen, wenn man keinen Anhaltspunkt hat, auf was man prüfen soll, ist es nicht einfach. Also habe ich mich zunächst an das gehalten, was drin sein soll. Es war feststellbar, dass der Gehalt an Extrakt unterschiedlich war, ebenso wurde bei der Probe A bis C eine sehr hohe Menge an Gingkolsäure festgestellt."

„Einen Moment bitte", unterbrach Hanna ihn, „Ich bin mit den Details nicht so gut vertraut, aber wieso Gingkolsäure?"

„Neben dem deklarierten Extrakt des Krauts der Unsterblichkeit AX-24, wird bei einem der Anti-Age Produkte auch zusätzlich ein Gingkoextrakt angegeben."

„Dann sind also zwei verschiedene Extrakte im Präparat und deshalb auch die Gingkolsäure, die typisch für den Gingko ist."

„Was ich nicht verstehe, warum das Extrakt AX-24 heißt?"

Dieses Mal kam die Zwischenfrage von Gregor.

„Manchmal haben Firmen ihre eigenen Herstellungsverfahren und geben ihnen dann einfach einen Namen", meinte Hanna.

„Der Name ist aber nicht nachvollziehbar."

„Vielleicht steht das A für die japanische Bezeichnung Amachazuru und X für Xiancao."

„Und die Zahl 24?"

„Darüber lässt sich nur spekulieren", wendete Doktor Koch ein.

„Vielleicht wurde das Verfahren ein paar Mal verändert und erst das Vierundzwanzigste setzte sich durch", lachte Hanna.

„Wie auch immer. Jedenfalls ist die maximale Höchstmenge an Gingkolsäure eindeutig überschritten. Das würde auch zu den aufgezählten Nebenwirkungen passen. Es gibt aber noch mehr. Das angegebene Vitamin A, das zusätzlich beigemengt wurde, ist ebenfalls in einer viel zu hohen Dosis enthalten."

„Was kann das für Auswirkungen haben?", wollte Gregor wissen.

„Zu eine hohe Dosis an A über einen längeren Zeitraum können zu Haarausfall, Knochen- und Gelenkschmerzen, aber auch zu Leberschäden führen", erklärte Hanna.

„Das ist ja absurd! Bei den einem Präparat aus der Serie handelt es sich um Leberschutzkapseln."

„Sind die Proben aus unterschiedlichen Chargen genommen worden?", fragte Hanna Doktor Koch.

„Ja. Bei der HPLC sind mir auch noch weitere Peaks aufgefallen, die ich nicht zuordnen konnte."

„Und dafür wirbt eine Ärztin." Gregor schüttelte den Kopf.

„Eine Ärztin?"

Während Doktor Koch die Unterlagen durchblätterte, um Hanna das Werbematerial zu zeigen, sagte er: „Es gibt noch etwas."

Hanna und Gregor sahen ihn erwartungsvoll an.

„Ich habe noch weiter auf Schwermetalle geprüft und Spuren von Blei und Arsen gefunden."

In diesem Augenblick legte er den Werbefolder vor Hanna.

Der Folder war in einem auffällig kräftigen Rot als Hintergrundfarbe gestaltet. Die Schrift war in weiß und ergab den Text: „Caobenvital. Anti-Age Kapseln und Leberkapseln mit hochwertigem Jiagulan Extrakt aus China."

Neben einer großen Abbildung der Produkte, die sowohl den Überkarton als auch die Kapseln zeigte, war auch ein Foto einer Frau zu sehen. Ein Bild, das Hanna schon früher gesehen hatte. Es war dieselbe Frau auf jenem Werbefolder, den Herr Langfelder ihr überreicht hatte.

Unter dem Bild stand der Name: Doktor Melissa Landgut.

„Ich habe dem bis jetzt keine Achtung geschenkt, aber ich habe selbst schon Werbematerial mit diesem Foto gesehen. Dabei ging es um eine beworbene Gesichtscreme. Ein Kunde brachte kürzlich einen Werbefolder mitsamt der Creme zu uns."

„Hast du die Möglichkeit eine Probe zu entnehmen? Es wäre interessant, ob bei einer Untersuchung auch eine Creme Auffälligkeiten aufweist."

„Ich denke schon ... Ob die Ärztin über die Zusammensetzung der Nahrungsergänzungsmittel Bescheid weiß?"

Inzwischen hatte Gregor die kleine Werbebotschaft in die Hand genommen. Ohne aufzublicken las er das kleingedruckte Impressum, das sich am Ende des Textes befand, als er fragte:

„Möchtest du das wirklich wissen?"

„Ja, klar. Wenn du mich in deine Arbeit einweihst, will ich auch wissen, wie es weitergeht."

Gregor drehte den Kopf zu Hanna und sah sie an.

„Dann begleite mich nach Hamburg."

KAPITEL 16

*M*elissa saß mit Rainer am Frühstückstisch. Es war Sonntag. Jener Tag, an dem beide, seit sie sich kannten, ihrem liebevollen Ritual nachgingen und in aller Ruhe ein ausgiebiges Frühstück zu sich nahmen. Frischer Kaffee, Orangensaft, Brötchen, Eier, Süßes wie auch Pikantes befanden sich auf dem reich gedeckten Tisch.

Während aus den Lautsprechern der Stereoanlage leise Debussy zu hören war, blätterte Rainer nebenbei in einem Katalog für Kreuzfahrten und las zwischendurch die Destinationen laut vor. Er merkte jedoch rasch, dass Melissa ihm nicht zuhörte und mit nachdenklichem Blick und ihrer Kaffeetasse in der Hand, scheinbar ins Leere sah.

„Liebling, entweder bist du noch von letzter Nacht verzaubert oder dich interessiert mein Beitrag zu einem Urlaub nicht."

Melissa sah in sein grinsendes Gesicht, das auf eine Reaktion wartete.

„Oh ... bitte verzeihe mir, Schatz."

„Ich dachte, du wolltest einmal eine Kreuzfahrt machen und ausnützen, dass wir in einer Stadt leben, wo der Hafen in Reichweite ist. Nebenbei, ein Urlaub würde uns wirklich gut tun."

„Selbstverständlich. Ich bin nur etwas müde. Wie war das mit der Queen Elisabeth?"

„Also doch verzaubert ..." Er sah wieder in den Katalog und merkte nicht, wie Melissa erneut in ihren Gedanken war.

Sie musste an die Mails denken, die sie in den letzten Wochen erhalten hatte. Es waren Beschwerden, die alle im Zusammenhang mit den Produkten der Firma Ilkum standen, für die sie ihren Namen gab. Es war ein leicht verdientes Geld. Ein Geld, das sie gut gebrauchen konnte. Die Anschaffung ihres Eigenheims, ihrer Ordination und nicht zuletzt die Ausgaben für ihre Ausbildung waren eine gewisse finanzielle Belastung gewesen. Zwar glaubte sie nicht zu sehr an die Wirkung einer Pflanze, die als Kraut der Unsterblichkeit gehandelt wurde, doch sie schätzte sie als harmlos ein und selbst wenn die Einnahme nichts brachte, schadete es auch nicht.

Doch die Beschwerden, die sie in letzter Zeit erhalten hatte, ließen sie nicht in Ruhe.

Melissa sah ihrem Mann zu, der gerade eine bestimmte Kreuzfahrt ins Visier genommen hatte und sich mit Details befasste. Dabei dachte sie an das Schreiben in ihrer Schublade.

Jenes Schreiben, in dem sie bedroht wurde und von dem Rainer nichts wusste.

KAPITEL 17

„*M*eine Damen und Herren, willkommen an Bord auf dem Flug nach Hamburg. In wenigen Minuten werden wir starten. Die Flugzeit beträgt heute eine Stunde und zehn Minuten ..."

Hanna hatte noch nicht realisiert, worauf sie sich eingelassen hatte. Sie musste verrückt sein.

Noch vor einer Woche hatte sie an Gregor gezweifelt und überlegt, wo ihr Weg sie hinführen würde. In ihrem Inneren hatte sie wohl immer noch dieses Gefühl, doch auch wenn er sich ihr gegenüber sehr zurückhaltend benahm, musste sie sich selbst eingestehen, dass sie einfach verliebt in ihn war und zusätzlich auch ihre Neugier geweckt worden war.

Der Durst nach Erkenntnis und der Wahrheit musste gestillt werden.

In jeder Hinsicht.

Sie bat ihre Chefin daher um einige Tage Urlaub. Ebenso entnahm sie mit ihrem Einverständnis eine kleine Menge von der Creme, die Herr Langfelder in der Apotheke gelassen hatte. Ihren engen Vertrauten erzählte sie von Gregors kleiner Geschäftsreise und dass sie ihn begleiten würde. Zwar bekam sie Einwände und Verwunderung zu hören, doch sie war überzeugt, das Richtige zu tun und nebenbei für die nächste Kolumne einen abenteuerlichen Artikel schreiben zu können.

Sie hatte keine Ahnung, wie abenteuerlich die Reise wirklich werden sollte.

Selbst wenn sich das Bild von Hamburg durch den zweiten Weltkrieg verändert hatte und nur wenige Gebäude an die historische Stadt erinnerten, so bietet die Hansestadt weit mehr als nur die Reeperbahn.

Neben Berlin und Wien war sie die drittgrößte deutschsprachige Stadt und ihr Hafen zählte zu den zwanzig größten Containerhäfen der Welt.

Bauwerke wie der Michel und Veranstaltungen wie der Altonaer Fischmarkt zählten zu den Anziehungspunkten.

Wie viel Gelegenheit jedoch blieb, um sich die Stadt anzusehen, wusste Hanna nicht.

Ihr Hotel war zentral gelegen und von beiden gebuchten Zimmern aus hatten sie einen uneingeschränkten Blick auf die Elbe sowie den lebendigen Schiffsverkehr, der Hanna faszinierte.

Da Gregor bereits von Wien aus weiter recherchiert hatte, wusste er, dass es sich bei der Person auf dem Werbematerial tatsächlich um eine reale Ärztin handelte und ihre Praxis nur unweit vom Museumsschiff Rickmer Rickmers war. Ebenso fand er ihre Ordinationszeiten heraus.

Sein Plan war, einfach zu ihr hinzufahren, um mit ihr zu sprechen.

Hanna legte sich für eine Stunde auf das Bett.

Sie hatten einen frühen Flug genommen und, müde von der kurzen Nacht, wollte sie noch die Zeit nutzen, bis sie zur Ärztin fuhren.

Sie fiel in einen leichten Schlaf und träumte lauter wirre Sachen.

Als sie wieder aufwachte, dauerte es eine Weile, bis sie sich zurechtfand. Noch liegend, ließ sie ihren Gedanken freien Lauf und dachte an Gregor, an ihre Arbeit und was sie in Hamburg erwarten würde.

Sie war keine Frau, die sich zu vielen Illusionen hingab, aber sie wollte auch nicht zulassen, dass das, was sie mit Gregor hatte oder haben könnte, wie eine Seifenblase zerplatzte. So wollte sie die Zeit mit ihm einfach genießen.

Es war aber nicht er alleine, mit dem sie sich beschäftigte.

Sie dachte an die Ärztin.

Wie konnte sie, die Medizinerin war und sich für das Wohl und die Gesundheit einsetzte, sich für dieses Geschäft hergeben?

Hanna war der Auffassung, dass Medizin nicht einfach ein Beruf war, sondern eine Aufgabe, der man sich jeden Tag von neuem stellte.

Auch sie selbst sah ihren Beruf auf diese Weise an. Dabei musste sie an eine Kundin denken, die kürzlich bei ihr war und mit den Worten begann: „Ich war auch einmal im Verkauf..."

Hanna störte diese Aussage. Sie hatte ihren Beruf nie so gesehen.

Jede Apotheke wollte verdienen und vor allem jene, die bereits gut verdienten, wollten mehr. Sie erinnerte sich an einen Kollegen, den sie bei einer Veranstaltung kennengelernt hatte, und der erwähnte, dass sein Bruder Oberarzt wäre und er selbst nur Pharmazie studiert hätte, um sich später einmal selbstständig zu machen.

Selbst wenn Hanna möglicherweise zu einer Minderheit zählte, vertrat sie doch ein Ideal. Ein Ideal, das sie sich nicht nehmen lassen würde.

An der Tür wurde leise geklopft.

Es war Gregor.

„Bist du soweit, Hanna? Es wird Zeit zu gehen."

Rasch eilte sie ins Bad und schenkte ihrem Spiegelbild eine Minute, bevor sie mit Gregor aufbrach und das Hotel verließ.

Vor dem Hoteleingang befand sich ein Taxistand und in jenes Auto, das in der Reihe an vorderster Stelle parkte, stiegen die beiden ein.

Nachdem Gregor dem Fahrer die Adresse gegeben hatte, setzte sich der PKW in Bewegung und die Fahrt zur Praxis von Doktor Landgut begann.

Gregor verhielt sich sehr gelassen, wie es seiner Art entsprach, während Hanna eine gewisse Anspannung spürte. Für sie war es eine eigenartige und ungewohnte Situation, in der sich normalerweise eine Apothekerin nicht sah. Doch gerade darin empfand sie einen besonderen Reiz und dies gefiel ihr. Sie hatte keine Ahnung, wie weit sie in diesem Fall weiterkämen und ob sie überhaupt die Gelegenheit bekommen würden, mit der Ärztin zu sprechen.

Nach einer verhältnismäßig kurzen Fahrt war die Rickmer Rickmers in Sichtweite und das Taxi bog an einer Kreuzung ab, gefolgt von einer weiteren

Kreuzung, bis es schließlich bei einer Garageneinfahrt rechts zur Seite fuhr und anhielt.

Hanna und Gregor stiegen aus und gingen ein paar Schritte zu der Haustür mit der Nummer 29, neben der ein goldenes Schild angebracht war, auf dem stand: Doktor Melissa Landgut. Allgemeinmedizinerin. 2.Stock, Tür 7.

Gregor betätigte die Klingel, die gleichzeitig ein Türöffner war, wodurch ein Summen zu vernehmen war und sich in Folge die Haustür öffnen ließ.

Die beiden gingen durch den Flur, weiter zum Aufzug, bis sie schließlich vor der Eingangstür der Praxis standen.

Nachdem sie sich kurz gegenseitig angesehen hatten, öffneten sie die Tür.

Sie gingen einen Gang entlang. Auf der einen Seite befand sich eine Garderobe, während auf der anderen Seite Bilder angebracht waren. Am Ende des Ganges war der Warteraum mit einem abgeteilten Bereich zur Rechten, wo die Ordinationshilfe ihren Platz hatte.

„Guten Tag, Gregor Schuhmann. Ich bin Journalist und meine Begleiterin, Hanna Tobinger, ist Apothekerin. Wir sind aus Wien und würden gerne mit der Frau Doktor sprechen."

Die Ordinationshilfe, eine Frau mittleren Alters, war sichtlich verwundert.

„Um welche Angelegenheit handelt es sich denn?"

„Es geht um bestimmte Präparate, über die wir gerne mit ihr sprechen möchten. Es würde uns sehr helfen, wenn Frau Doktor Landgut uns ein wenig Zeit zur Verfügung stellen würde. Wäre das möglich?", fragte Gregor mit ruhiger und charmanter Stimme.

Noch immer war die Ordinationshilfe irritiert und wusste nicht so recht, wie sie sich verhalten sollte. Doch offenbar hatte Gregor den richtigen Ton getroffen.

„Die Frau Doktor hat noch zwei Patienten. Sie werden ein wenig warten müssen."

Sie werden ein wenig warten müssen... Hanna fand den Satz amüsant, denn sie hatte einen Arztbesuch noch nie anders erlebt, sofern man nicht privat gegangen war.

Die beiden nahmen Platz und Hanna versuchte sich mit einer Zeitschrift, die auf einem kleinen Tischchen neben ihr lag, abzulenken. Gregor hingegen musterte vorsichtig den Warteraum mitsamt den anwesenden Personen.

Zwischendurch läutete das Telefon.

Es dauerte eine Weile, bis sich die Tür des Ordinationszimmers öffnete.

Eine schlanke Frau mit glattem, schulterlangem blondem Haar und dunkler Brille kam heraus, gefolgt von einer alten Dame.

Die beiden gingen zur Ordinationshilfe und nach einem kurzen Wortwechsel verabschiedete sich die blondhaarige Ärztin von der Dame.

Auf den Rückweg zu ihrem Ordinationsraum blickte sie zu Hanna und Gregor hinüber und nickte ihnen mit einem kaum wahrnehmbaren Lächeln zu.

Für ein paar Minuten war Melissa im Ordinationszimmer alleine, bevor sie den nächsten Patienten aufrufen würde.

Sie dachte an die Beschwerdemails, die mit den Anti-Age Produkten in Zusammenhang standen. Eine Apothekerin und ein Journalist aus Wien ... Melissa wusste nicht, was sie von diesem Besuch halten sollte. Zwar sahen die beiden sympathisch aus, doch warum sind sie extra aus Wien angereist?

Sie spürte eine gewisse Anspannung.

In der letzten Zeit fühlte sie sich öfters unausgeglichen und gereizt und der Umstand, dass man sie in dieser Angelegenheit sprechen wollte, machte es auch nicht leichter. Doch vielleicht war der Punkt gekommen, etwas zu unternehmen und genau die beiden würden eine Wende bringen.

Dann rief Melissa den nächsten Patienten auf. Sie begrüßte ihn, bat ihn ins Ordinationszimmer und schloss die Tür.

Erneut breitete sich eine Stille im Warteraum aus, die nur durch das Blättern in einer Zeitschrift unterbrochen wurde.

Schließlich wurde die Tür wieder geöffnet und Melissas Patient ging hinaus.

Nachdem er sich verabschiedet hatte, rief sie Gregor und Hannas Name auf.

„Sie möchten über ein Präparat mit mir sprechen?", fragte Melissa, nachdem sie sich gesetzt hatten.

Gregor erzählte sachlich und chronologisch von dem untersuchten Nahrungsergänzungsmittel und den Ergebnissen der Proben.

Zwischendurch bat er Hanna, mit Detailinformationen seine Ausführung zu ergänzen.

Melissa hörte ihnen aufmerksam zu, während Hanna beobachtete, wie der Blick der Ärztin zunehmend betrübter wurde.

„Ich wusste es nicht", sagte sie, als Gregor am Ende seiner Erzählung angelangt war.

Hanna sah sie ungläubig an.

„Ich hatte keine Ahnung, dass die Präparate nicht in Ordnung waren. Man hat mir versichert, alles hätte seine Richtigkeit und wäre korrekt und ich müsste mir keine Sorgen machen", setzte Melissa fort.

„Keine Sorgen?"

Daraufhin begann sie aus ihrer Sicht zu schildern.

„Ich habe in den letzten Wochen Beschwerdemails erhalten. Natürlich wollte ich wissen, ob es damit eine Bewandtnis hatte und habe die Firma Nemlon kontaktiert. Obwohl mir gesagt worden ist, dass es einfach Konsumenten sind, die grundlos überreagieren, wollte ich meinen Namen streichen lassen, aber die Firma pochte auf den unterschriebenen Vertrag und seine Bindung."

„Wie konnten Sie sich darauf einlassen?", wollte Hanna wissen.

„Es war einfach Leichtsinn und es klang alles harmlos. Ich habe auf einer Messe einen Vertreter

114

von Nemlon kennengelernt. Er erzählte mir von der Caobenvital-Serie, dass alles auf pflanzlicher Basis beruht und man mit Jiaogulan eine neue Schiene entdeckt hat, die keinesfalls einen Schaden bringen kann. Ich kannte einige Berichte vom Kraut der Unsterblichkeit und fand nichts Negatives dabei. In der chinesischen Medizin gibt es vieles, vor dem man nicht vorschnell eine ablehnende Haltung haben soll. Natürlich hatte es für mich einen finanziellen Aspekt, der mich lockte. Das muss ich zugeben. Ich sollte auch keinen Arbeitsaufwand haben. Ich war lediglich einverstanden, dass mein Name für die Werbung verwendet wurde. Das ist alles."

„Hatten Sie nie Bedenken?"

„Doch, aber ich muss zugeben ... Ich habe sie verdrängt."

Mit gesenktem Blick saß Melissa vor ihnen.

Da läutete Gregors Handy. Er nahm das Gerät zur Hand und nahm den Anruf entgegen.

„Walter, hallo! ... Ja? ... Ich verstehe ... Das werde ich ... Danke für die Information und deine Hilfe. Ich melde mich dann bei dir."

Erwartungsvoll wartete Hanna auf Gregors Neuigkeiten.

„Das war Dr. Koch von der Uni. Der Bekannte, dem ich die Proben überlassen habe. Er hat die Gesichtscreme analysiert."

Gregor hielt abwechselnd Augenkontakt zu Melissa und Hanna.

„In der Creme konnte er eindeutig Östrogene nachweisen und in geringen Mengen Testosteron."

„Hormone sind doch gar nicht deklariert", warf Hanna ein.

„Die sollten auch gar nicht enthalten sein", meinte Melissa.

„Ich kenne mich damit zu wenig aus, aber was haben Hormone in einer Creme für ein Nutzen? Ich dachte, man schluckt Hormone, falls man sie braucht", fragte Gregor.

„Östrogene sind für ein elastisches Bindegewebe zuständig. Im Laufe der Wechseljahre wird ihre Produktion eingestellt und die Hormone in Cremen sollen den Verlust ausgleichen und so die Kollagenbildung anregen und die Zellerneuerung beschleunigen", informierte Melissa.

Hanna setzte fort: „Das Ergebnis ist die Zurückbildung der Fältchen und es kommt zu einer glatten, weichen, strahlenden Haut und einem gleichmäßigen Teint."

„Und Testosteron?"

„Testosteron kann zusammen mit durchblutungsfördernden Wirkstoffen eingesetzt werden, wodurch das Bindegewebe gestrafft wird und der Fettabbau gefördert wird", ergänzte Melissa.

„Allerdings gehört dies kontrolliert und darf nicht unwillkürlich eingesetzt werden, da die Hormone auch Schaden bringen können. Daher auch die Rezeptpflicht von Hormonen", meldete sich wieder Hanna.

„Für mich sieht das so aus, dass Nemlon sich auf die alleinige Wirkung des Pflanzenextraktes nicht verlassen wollte", meinte Gregor.

„Und den Konsumenten betrügt."

„Wir müssen dies unterbinden. Können Sie mir die Auswertungen mailen? Ich möchte weitere Schritte unternehmen", sagte Melissa.

„Ich bleibe ebenfalls dran. Ich warte noch auf weitere Details von meinem Informanten. Vielleicht schafft er es, doch es nicht ganz ohne Risiko. Ich habe noch einen Bekannten hier in Hamburg, der helfen kann."

Nachdem sie sich zur Verabschiedung die Hände gereicht hatten, verließen Hanna und Gregor die Praxis. Vor dem Haus warteten sie auf das bestellte Taxi.

Hanna sah Gregor an, der sichtlich in Gedanken war.

„Noch ein Bekannter? Du hast wohl mehrere Kontakte in Deutschland."

„Ja, das ist richtig."

Gregor lächelte sie an.

Hanna mochte dieses Lächeln, doch fragte sie sich, was in ihm vorging.

KAPITEL 18

„*W*issen Sie denn, was ein Zampelbüdel ist?"

Die Frage wurde sicherlich bei jeder Hafenrundfahrt gestellt und es war anzunehmen, dass nur wenige den Begriff kannten. So kam kurz darauf die Antwort aus den Lautsprechern, die an verschiedenen Stellen des Schiffes angebracht waren.

„Zampelbüdel, das ist der Frühstücksbeutel der Hamburger Hafenarbeiter."

Nachdem Hanna und Gregor ihr Treffen mit der Ärztin hinter sich hatten und für den Rest des Tages frei waren, beschlossen sie noch während der Taxifahrt zum Hotel, eine Hafenrundfahrt zu unternehmen.

Die Rundfahrt war nicht nur informativ und brachte Informationen über Geschichte, Wirtschaft und diverse Fakten, sondern sie wurde auch sehr humorvoll gestaltet. Sie war eine perfekte Ablenkung und für einige Zeit konnte Hanna den eigentlichen Grund ihrer Reise zur Seite schieben und einfach die Atmosphäre und Eindrücke einer fremden Stadt und die Gegenwart Gregors genießen.

Man zog vorbei an Frachtern, Containerschiffen und Museumsschiffen, die fest vor Anker lagen. Eine Hauptattraktion war ein Vertreter der zahlreichen Kreuzfahrtschiffe, die die Stadt anliefen. Obwohl das Hafenrundfahrtschiff eine Kapazität für zweihundert Personen hatte, war es dennoch ein Spielzeug im Vergleich zu den Ozeanriesen.

„Würde dir eine Kreuzfahrt gefallen?", fragte Hanna.

„Ich weiß nicht, ob ich mich nicht langweilen würde."

„Es wird doch einiges geboten an Board."

„Ja, aber das ist auch eine gewisse Massenbeschäftigung und nichts Individuelles."

„Man kann sich auch zurückziehen ... Mir würde da schon etwas einfallen."

Hanna sah ihn intensiv an, doch abgesehen von seinen Mundwinkeln, die sich leicht nach oben zogen, ließ er sich nichts anmerken.

Sie musste sich eingestehen, ein wenig enttäuscht zu sein von seiner kaum merkbaren Reaktion.

Für abends wählten die beiden ein Fischrestaurant, das sie während der Rundfahrt zufällig entdeckt hatten.

Es war ein gediegenes Lokal, doch sehr gemütlich und verschaffte den Gästen viel Privatsphäre auf Grund der Anordnung der Tische.

Von den Tischen nahe am Fenster hatte man Sicht auf die Elbe, die trotz Einbruch der Dämmerung noch gut zu sehen war. Obwohl die Zeit bereits vorangeschritten war, gab es weiter einen regen Schiffsverkehr.

Inzwischen bestellte Gregor eine Flasche Weißwein. Hanna studierte die Speisekarte und entdeckte einige Fischspezialitäten, die ihr zusagen würden. Doch die Wahl fiel ihr schwer.

Gregor musste schmunzeln: „Frau Apotheker, ist die Entscheidung wirklich so schwierig?"

„Die Auswahl der Speise betreffend, ja."

„Und wenn ich dir bei der Wahl helfe?"

„Was ist dein Vorschlag?"

Gregor beugte sich leicht zu Hanna hinüber und sagte leise: „Es gibt eine Fischplatte für zwei Personen. Bist du dabei?"

„Klingt gut."

Nachdem die beiden bestellt hatten, nahmen sie die gefüllten Weingläser und prosteten sich zu.

Ein Kompliment zu Hannas Erscheinung folgte. Sie hatte sich ein schwarzes Kleid für Hamburg zusätzlich mitgenommen und dieses für den Abend angezogen. Es war eine passende Gelegenheit.

Gregor selbst trug ein dunkles Sakko, weißes Hemd mit Krawatte und Jeans. Es hatte für sie den Eindruck, dass auch er für eine passende Gelegenheit sich extra etwas eingepackt hatte. Bei den Gedanken musste sie lächeln.

„An was denkst du?", fragte Gregor, der ihr Lächeln bemerkt hatte, als er gerade ein Stück von einem Baguette sich nahm.

„Nichts Besonderes."

Es folgte eine verbale Stille zwischen den beiden.

Gregor drehte den Kopf und sah zum Fenster hinaus. Er beobachtete scheinbar die vorbeiziehenden Schiffe.

Hanna nutzte die Situation und sprach ihn auf etwas an, das ihr schon lange am Herzen lag.

„Was beschäftigt dich Gregor?"

Langsam wendete er sich wieder ihr zu.

Es verging ein kurzer Augenblick, bis er zu sprechen begann.

„Du bist eine sehr attraktive Frau."

Sie fühlte sich sehr geschmeichelt und fühlte, wie ihr Wärme in die Wangen stieg und ein eigenes Gefühl sie überkam.

Er setzte fort: „Ich mag dich. Mehr, als ich mir eingestehen möchte. Doch es gibt ein paar Dinge, von denen ich nicht weiß, wie sie sich entwickeln."

Hanna wusste nicht, worauf er anspielen wollte und sah ihn fragend an.

„Dir ist bereits aufgefallen, dass ich einen ziemlichen Bekanntenkreis habe, der mit meinem Hobby zu tun hat. Es besteht ebenfalls die Möglichkeit, dass ich eine Stelle hier in Deutschland bekomme. Das ist allerdings noch nicht sicher. Ich weiß auch nicht, ob ich zusagen werde, aber wie du siehst, ist meine berufliche Zukunft zurzeit ungewiss. Daher zögere ich, mich auf etwas Ernstes einzulassen. Du bist ein wunderbarer Mensch und ich möchte dich nicht verletzen."

Obwohl es für Hanna keine guten Neuigkeiten waren, empfand sie in diesem Moment paradoxerweise noch mehr für ihn als zuvor.

„Trotzdem sind wir beide nun in Hamburg?", fragte sie.

Er blickte auf den Tisch: „Ich weiß."

Ihre Gedankengänge wurden unterbrochen, als der Kellner mit der reichhaltigen Fischplatte kam. Dazu gab es verschiedene Beilagen, die mit Liebe zum Detail dekoriert waren.

Hanna verdrängte das Thema und auch Gregor schien es zu tun.

Sie genossen das Essen, den Wein, die leise Musik und führten eine Unterhaltung, abseits von ernsten Belangen.

Nach einem geteilten süßen Dessert und zwei Tassen Capuccino übernahm Gregor die Rechnung und sie machten sich langsam auf den Weg zurück in ihr Hotel.

Die Stimmung zwischen den beiden war locker und fröhlich, als sie schließlich die Tür zu Hannas Zimmer erreichten.

Hanna sperrte auf.

Sie ging einen Schritt hinein, während Gregor die Tür für sie aufhielt.

Es war eine Mischung der Wirkung des Weins und dem Verlangen nach Gregor, die sie spürte.

Ihr gefiel dieser Zustand.

Sie wusste instinktiv, dass er ebenso empfand und wollte diesen Moment nicht zu Ende gehen lassen.

Als die beiden sich gegenüber standen und beinahe berührten, legte Gregor zärtlich seine Arme um sie und küsste sie auf eine Weise, die Hanna berauschte.

Sie zog ihn in den Raum, sodass die Tür automatisch hinter ihnen zufiel.

Während eines weiteren Kusses zog sie ihm das Sakko aus und begann langsam sein Hemd aufzuknöpfen. Gregor indessen öffnete den Reißverschluss ihres Kleides.

Sie fühlte seine Hände auf ihrer Haut und ihr Begehren wurde stärker. Sie wollte ihn spüren und ließ es ihn wissen, indem sie ihm ins Ohr flüsterte.

In diesem Moment der Zärtlichkeit läutete plötzlich eindringlich Gregors Handy.

Es wollte nicht verstummen und klingelte unbarmherzig, bis Gregor sich schließlich von Hanna löste und nach dem Sakko auf dem Boden griff, in dem sich das Telefon befand.

„Hallo?", meldete er sich und bemühte sich gefasst zu klingen. Hanna wusste, dass sich mit dem Anruf die Situation geändert hatte und es fiel ihr schwer es zu akzeptieren.

„Ich verstehe. Ja, das war schon richtig ... Wann und wo? ... In Ordnung ... Dann bis morgen."

Er legte auf.

Mit fragendem Blick sah Hanna ihn an.

„Das war mein Informant. Er hat es heute Abend geschafft, sich ins System der Firma zu schleusen und bekam Zutritt zu Aufzeichnungen über Caobenvital."

Sie blickte ihn noch immer erwartungsvoll an.

„Hanna, ich glaube, wir könnten jetzt genug Material haben, um die Behörden einzuschalten und den Fall öffentlich zu machen. Morgen früh um neun Uhr treffen wir den Informanten am Bahnhof in Lübeck."

„Lübeck?" Dann erinnerte sie sich wieder an die Zusammenhänge und an das Impressum der Firma auf dem Werbefolder. Nemlon hatte seinen Sitz in Lübeck und Gregors Informant war ein IT-Mitarbeiter von Nemlon.

Gregor ging zum hoteleigenen Telefon und wählte die Nummer der Rezeption. Als sich die diensthabende Person meldete, fragte Gregor nach einer schnellen Verbindung nach Lübeck.

Hanna hörte zu und wartete, bis er das Gespräch beendet hatte.

Währenddessen machte sie den Reißverschluss ihres Kleides wieder zu.

„Morgen um acht geht ein Zug nach Lübeck", teilte Gregor ihr schließlich mit.

Er zögerte kurz, bevor er ansetzte weiter zu reden.

„Hanna, ..."

Sie legte ihre Hand auf seine Brust und nickte leicht.

Daraufhin nahm er sein Hemd und zog es über.

Voller Gedanken wendete sie sich von ihm ab und verbarg vor ihm ihre Empfindungen.

Sie hatte keine Ahnung, ob in Hinblick auf die Zukunft sich etwas verändert hätte, wenn sie die Nacht zusammen verbracht hätten, oder ob es einfach nur ein Aufschub war.

KAPITEL 19

Es war ein kleines, aber nettes Bahnhofslokal in Lübeck.

Selbst von drinnen konnte man die Rufe, die von den Lautsprechern ertönten, gut verstehen, die auf die Zeiten und Bahnsteige der Züge hinwiesen.

In der Halle war ein ziemlicher Trubel. Geschäftsleute, Touristen, alle schienen durcheinander zu laufen. Einige gingen gezielt, andere wiederum desorientiert.

Während der weniger als einer Stunde dauernden Zugfahrt hatten sich Hanna und Gregor sehr schweigsam zueinander verhalten.

Hanna hatte in der vergangenen Nacht nicht gut geschlafen und Gregor nützte die Fahrt, um einige schriftlichen Arbeiten am Notebook zu erledigen.

Gerade als die Bedienung den bestellten Kaffee brachte, betrat Gregors Informant das Lokal.

Seine Erscheinung war eher unauffällig und unter seinem Arm trug er eine Aktentasche.

Gregor stand auf, begrüßte ihn und stellte Hanna ihn als Herrn Oswalt vor. Die Bedienung bat er noch einen weiteren Kaffee zu bringen und schließlich setzten sie sich.

„Bevor ich Ihnen diese Unterlagen aushändige, möchte ich sicher gehen, dass Sie meinen Namen nicht erwähnen werden", sagte Herr Oswalt.

„Nun, ich werde selbstverständlich Ihre Bitte berücksichtigen, aber ich kann es nicht versprechen.

Sobald wir alles der Behörde übergeben, wird es sich vermutlich nicht vermeiden lassen. Wenn Sie auf unserer Seite sein möchten, sind damit Konsequenzen verbunden."

Der Informant benötigte eine kurze Zeit zum Überlegen, bevor er weiter sprach.

„Sie haben recht", erwiderte er und seufzte, „Ich bin ohnedies bereits zu weit gegangen und schätze, ich werde mich nach einem neuen Job umsehen müssen."

Er öffnete seine Tasche und nahm diverse Niederschriften heraus.

„Gestern Abend bin ich länger im Büro geblieben. Es war eine gute Gelegenheit. Zunächst war es kompliziert, ins geschützte System zu kommen, doch es gibt ein paar Tricks es zu umgehen und schließlich war ich drin. Ich fand diesen Mailwechsel, den Sie gebrauchen können und der einiges aussagt. Zwar sind für mich die Details nicht verständlich, für sie sicher schon und ich glaube, es reicht aus. Ebenso habe ich Ihnen eine Liste mit sämtlichen Namen von Personen, die über Beschwerden nach der Einnahme geklagt haben, ausgedruckt und dazugegeben."

Hanna sah sich den Ausdruck der Mails genauer an und konnte einiges herauslesen.

Herr Oswalt, der gerade den letzten Schluck seines Kaffees nahm, sagte: „Wissen Sie, ich bin stets ein loyaler Mitarbeiter und mache gewissenhaft und verlässlich meine Arbeit. Daher ist es mir besonders schwer gefallen, Beweise zu sammeln, aber hier wurde eine Grenze überschritten, wo ich nicht anders konnte und es für unverantwortlich gefunden hätte, mich nicht gegen die Taktik der Firma zu stellen."

Er stand auf und reichte Gregor die Hand zum Abschied: „Ich werde jetzt zurückgehen, aber ich schätze, dass ich meine Kündigung zum nächsten Termin bekannt geben werde. Ich hoffe, Sie erreichen etwas damit und können verhindern, dass diese Präparate weiter im Umlauf sind."

Dann verließ er das Bahnhofslokal.

Als er gegangen war, sah Gregor Hanna zu, wie sie aufmerksam Seite für Seite die losen Blätter durchging.

„Du hast den Überblick?"

„Also fest steht, dass Nemlon mit einem Lieferanten in China zusammenarbeitet. Dieser besorgt das Extrakt, lässt es von einem anderen Unternehmen wiederum zu Kapseln verarbeiten und transportiert es dann in Großgebinde nach Deutschland, wo es nur mehr verblistert wird. Mit den Cremen wird ähnlich verfahren. Die Herstellung selbst erfolgt in China, während die Befüllung in Tiegel hier in Deutschland passiert."

„Das klingt verwirrend und auch aufwendig. Ich nehme an, dass diese Variante kostengünstiger für Nemlon sein wird, als wenn einfach das Extrakt nach Deutschland importiert wird und die gesamte Produktion hier stattfindet."

„Offensichtlich läuft alles problemlos. Alles ist scheinbar in Ordnung, nur eines sieht ein wenig eigenartig aus."

„Nämlich?"

„Teilweise gibt es Analysenzertifikate, aber in Grunde genommen, wenn man sie sich genauer ansieht, sind sie nicht aussagekräftig und jede Menge Fehler an Interpretationen können sich einschleichen. Es wird zum Beispiel das Unternehmen erwähnt, das die Extraktion der Pflanze durchführt, aber das ist es auch schon. Somit lässt sich nichts vergleichen, keine Qualität kann bestätigt werden und man hat keine Ahnung, unter welchen Bedingungen die Herstellung des Extraktes verläuft. Da kann alles Mögliche passieren. Normalerweise gibt es genaue Aufzeichnungen, wie etwas hergestellt wird und diverse Prüfprotokolle."

„Und die Hormone, die in der Creme nachgewiesen worden sind?"

„Nur, dass hier die Abkürzung AX-24 spez. verwendet wird."

Gregor sah auf die große Uhr, die an der Wand hinter der Theke angebracht war.

„In einer halben Stunde geht der nächste Zug nach Hamburg. Ich werde den Bekannten anrufen, den ich erwähnt habe. Er arbeitet bei der Polizei und hat gute Verbindungen zum Bundesamt. Gleichzeitig werde ich unser Bundesministerium in Österreich kontaktieren."

„Ich würde gerne der Ärztin über unsere Erkenntnisse Bescheid geben."

Gregor lächelte: „Die Frage ist, ob du sie nur in der Funktion meiner Partnerin sprechen möchtest, oder verfolgst du einen neuen Artikel für deine nächste Kolumne und hoffst auf weitere Anregungen mit ihrer Hilfe?"

„Beides."

Wieder in Hamburg zurück, nahmen sie vom Bahnhof aus gemeinsam ein Taxi.

Nachdem sie während der Bahnfahrt einige Telefonate erledigt hatten, war ihr weiteres Vorgehen geplant: dass Hanna allein mit Doktor Landgut sprechen würde und Gregor zur selben Zeit zu seinem Bekannten weiterfuhr, um ihn persönlich zu unterrichten. In Folge wollten sie den Rückflug nach Wien am späten Abend nehmen.

Als der Wagen wie am Tag zuvor bei der Garageneinfahrt, wenige Meter vor der Haustür 29 stehen blieb, verabschiedete sich Hanna von ihm und stieg aus.

Für eine Weile sah sie dem Taxi hinterher.

Sie empfand es als angenehm, kurzzeitig für sich allein zu sein und atmete tief durch.

Ihr Blick richtete sich zur Haustür und sie ging auf sie zu.

Dieses Mal musste sie jedoch anläuten, da es noch außerhalb der Ordinationszeit war.

Es dauerte nicht lange und der summende Ton war zu hören, um Hanna aufzufordern, das Haus zu betreten.

Sogleich ging sie weiter und stieg in den 2. Stock, wo ihr die Tür von Melissa Landgut geöffnet wurde.

„Es freut mich, dass Sie mich angerufen haben. Bitte kommen Sie weiter."

Als Hanna ihr folgte, merkte sie, dass sie sich ganz alleine in der Ordination aufhielt.

Während sich die Frauen im Ordinationszimmer setzten, sagte Melissa: „Es ist viel Papierkram gestern liegen geblieben und ich wollte ihn noch aufarbeiten, bevor die Patienten kommen. Außerdem können wir uns besser unterhalten."

Sie schien guter Laune zu sein und machte einen entspannten Eindruck.

„Ich bin einfach froh, dass alles auf dem Weg ist, aufgedeckt zu werden. Ich habe damals einen Fehler begangen und den möchte ich jetzt korrigieren."

Hanna gab Melissa sämtliche Informationen, um sie auf den aktuellen Stand zu bringen.

„Ich war wirklich naiv", seufzte Melissa.

„Nun, ich hoffe, wir können damit etwas bewirken. Wichtig ist, dass die Bevölkerung aufgeklärt wird. Die Gesundheit ist etwas Wertvolles und der Wunsch nach Vitalität, jugendlicher Ausstrahlung und den Alterungsprozess zu verlangsamen, ist bei jedem Menschen gegeben und gerade diese sogenannte Schwachstelle wird ausgenützt, um finanzielle Vorteile zu erlangen."

„Wann werden Sie nach Wien zurückfliegen?"

„Noch heute."

„Wenn Sie wieder mal nach Hamburg kommen, melden Sie sich bei mir."

Hanna kam nicht mehr dazu zu antworten, denn in diesem Moment läutete jemand an der Gegensprechanlage. Da diese mit dem Telefon von Melissa verbunden war, konnte sie vom Schreibtisch aus nachfragen, wer es war.

Eine etwas schlecht zu verstehende Männerstimme war über den eingeschalteten Lautsprecher zu hören:

„Bitte, ich muss zu Ihnen, Frau Doktor. Es geht um meine Frau, Heike Larson. Sie ist ihre Patientin."

„Kommen Sie in einer Stunde, dann habe ich Ordination."

„Nein, bitte jetzt. Es ist dringend."

Hanna merkte Melissas Verwunderung an und wartete ab. Diese zögerte etwas und entschied schließlich, den Mann hinaufkommen zu lassen.

Hanna wiederum wollte nicht länger stören und beabsichtigte, sich ein Taxi zu rufen.

Es dauerte nicht lange und ein mittelgroßer Mann mit breitem Gesicht, gewelltem, braunem Haar und einer Narbe auf der Wange betrat den Warteraum. Bekleidet war er mit einer dunklen Hose, weißem T-Shirt und einem hellgrauen Blouson.

Auf Hanna wirkte er unruhig und, als er sie wahrgenommen hatte, irritiert und zunehmend nervös.

„Es geht um meine Frau."

In der Zwischenzeit nahm Hanna auf einem der Stühle im Wartebereich Platz und wollte ihr Handy aus der Tasche nehmen.

Melissa bat den Mann ins Ordinationszimmer.

Gerade, als sie bereits mit einem Schritt im Zimmer war, griff der Mann sie plötzlich in Sekundenschnelle von hinten an. Mit einer Hand packte er sie und mit der anderen nahm er ein Klappmesser und hielt es vor ihre Kehle.

Melissa verhielt sich starr vor Angst.

„Das Handy weg!", rief er Hanna zu, die das Mobiltelefon gerade in der Hand hielt.

Hanna konnte die gefährliche Situation nicht gleich realisieren und ohne eine Bewegung zu machen, sah sie zu dem Mann und Melissa hinüber.

„Das Handy weg!", wiederholte er und schließlich erkannte sie die Gefahr und tat, was er befahl.

„Wissen Sie überhaupt, was Sie mir angetan haben?", fragte er Melissa mit gehetzter Stimme.

„Es begann alles so gut. Nichts ist mehr so wie es war. Mein Leben ... ist zerstört und Sie tragen die Verantwortung!"

Da versuchte Melissa ihre Fassung wiederzufinden und mit beruhigender Stimme wollte sie auf ihn einwirken: „Wir können über alles reden. Ich bin sicher, wir finden einen Ausweg. Herr Larson, noch ist nichts verloren. Glauben Sie mir. Wir können sicherlich einen Weg finden und ..."

In diesem Augenblick musste Hanna mit ansehen, wie er der Ärztin mit dem Messer einen Stich in den Bauch versetzte. Nur einen Augenblick später warf er das blutverschmierte Messer auf den Boden, zog danach eine Spritze aus seinem Blouson und injizierte ihr den Inhalt in den Oberschenkel.

Daraufhin rannte er aus der Praxis und hinaus aus dem Gebäude.

Hanna sprang hoch und eilte zu Melissa, die sich in gebückter Haltung am Türrahmen anlehnte und voller Schmerzen wimmerte. Hanna stützte sie ab und brachte Melissa zum Untersuchungsbett, auf das sich die Ärztin legte.

„Ich hole Hilfe!"

Dann lief sie zu ihrem Handy zurück und wählte eine Nummer. Jene Nummer, die ihr als erste in den Sinn kam und die sie gespeichert hatte.

„Gregor? Es ist etwas geschehen. Ruf die Rettung und die Polizei. Doktor Landgut ist überfallen worden und ist verletzt!"

KAPITEL 20

*E*twa zur gleichen Zeit trafen die verschiedenen Hilfskräfte ein.

Melissa wurde sogleich vom Notarzt untersucht und versorgt. Sie verlor viel Blut und zusätzlich kam es zu Rötungen der Haut, Juckreiz und ihr Blutdruck sank zu einem mehr als niedrigen Wert.

Hanna selbst stand in der Nähe. Sie zitterte und ihre Hände waren blutig von der Ersten Hilfe Leistung.

Gregor, der mit der Polizei kam, ging zu ihr und nahm sie in den Arm.

Es fühlte sich gut an. Hanna war froh, dass er bei ihr war.

„Als du mich zuvor angerufen hast, bin ich gerade bei Heinz angekommen. Er hat gleich Verstärkung angefordert und die Rettung alarmiert."

Während Melissa für den Transport vorbereitet wurde, bat sie Hanna, ihren Mann zu benachrichtigen. Dann machte sie noch auf etwas Weiteres aufmerksam.

„In meiner Kartei ... finden Sie eine Adresse von Heike und Hendrik Larson. Auch ihr Mann war Patient von mir. Margot, meine Ordinationshilfe, sie muss jeden Moment kommen, wird Ihnen helfen", sagte sie leise und benommen.

„Da ist noch etwas ... In meinem Schreibtisch, rechts, unterste Lade, finden Sie einen Brief, den ich vor ein paar Wochen erhalten habe."

Gregor ging zur Lade und suchte danach. Es dauerte nicht lange, bis er ein schlichtes Kuvert ohne Absender fand.

Er öffnete es und las den darin enthaltenen Drohbrief. Dann übergab er ihn seinem Bekannten Heinz.

Hanna reinigte inzwischen ihre Hände. Sie konnte immer noch nicht realisieren, was passiert war.

Gerade, als Melissa mit der Trage hinausgebracht wurde, kam eine Frau herein und rief vor Entsetzten: „Mein Gott, Frau Doktor! Was ist passiert?"

In der Praxis herrschte eine hektische Stimmung.

Zusammen mit Margot, der Ordinationshilfe, wurde die Adresse herausgesucht und über Funk sogleich eine Streife hingeschickt.

Ebenso wurde eine Personenbeschreibung durchgegeben und man begann mit der Suche nach Hendrik Larson.

Hanna saß auf dem Lederdrehsessel vor Melissas Schreibtisch und ging mit Gregor, der hinter ihr stand, die elektronische Kartei von Heike und Hendrik Larson durch.

„Ihr wisst, dass ihr das eigentlich nicht tun dürftet", wandte Heinz ein und wies auf den Computer der Ärztin hin.

„Heinz, wir wollen nur helfen", erwiderte Gregor.

„Ich erlaube es nur, weil ich dich kenne und dir vertraue. Ansonsten wärst du schon längst draußen."

Gregor wendete sich wieder Hanna zu, die einige Puzzlestücke zusammenführen konnte.

„Heike Larson hat eine schwere Krankheit. Es ist Brustkrebs und sie hatte eine Operation und eine Chemotherapie, aber offenbar ist sie momentan stabil. Bei Hendrik Larson ... Doktor Landgut beschreibt ihn als verhaltensauffällig mit paranoiden Grundzügen. Hier steht auch, dass er in psychiatrischer Behandlung ist und in den letzten Jahren bereits zweimal neu eingestellt wurde. Das letzte Mal vor einem Jahr und seitdem war er auch nicht mehr hier."

Gregor zeigte auf die Medikamente, die angegeben waren: „Kennst du die Präparate?"

„Ja, klar. Es sind stark wirkende Pharmaka. Neuroleptika, Antidepressiva und auch die Dosis ist beachtlich."

Hanna musste an Melissa denken: „Ich hoffe nur, die Spritze, die er ihr gegeben hatte, war nichts Lebensgefährliches."

Gregor sah zu Heinz Gutmann: „Ist es möglich, dass wir dich begleiten und mit Frau Larson sprechen?"

Hanna merkte an Gutmanns Miene, dass er von dieser Idee nicht begeistert war, doch gab er trotzdem sein Einverständnis.

Gerade als Hanna und Gregor, Gutmann und ein weiterer Kollege die Praxis verließen und zum Auto gingen, bekam Gutmann einen Anruf: „Ja? Ich verstehe. Nein, das ist nicht notwendig. Wie ist die Adresse?"

Gutmann gab seinem Kollegen ein Handzeichen, der daraufhin einen Notizblock nahm und die Adresse aufschrieb, die Gutmann am Telefon soeben durchgesagt wurde.

Als er auflegte, wendete er sich zu Hanna und Gregor.

„Es war niemand in der Wohnung anzutreffen und Frau Larson wohnt nicht mehr unter dieser Adresse. Sie hat sich von ihrem Mann getrennt und lebt zurzeit bei ihrer Schwester. Eine Nachbarin von ihr wusste davon Bescheid und hatte die aktuelle Adresse. Dorthin werden wir jetzt fahren."

Die vier Personen setzten sich ins Auto und Gutmanns Kollege startete den Motor.

Selbst wenn Hanna noch etwas durcheinander war, fand sie es faszinierend, einmal mit der Polizei, beziehungsweise Kriminalpolizei, mitzufahren. Der Wagen selbst war ein schwarzer PKW und der einzige Hinweis, dass es sich um einen Polizeiwagen handelte, war das Blaulicht, das man auf dem Dach anbringen konnte.

Zwischendurch ertönte öfters das Funkgerät von Gutmanns Kollegen, der den Wagen lenkte.

„Sie sind also Apothekerin?", fragte Gutmann beiläufig und offensichtlich ohne weiteres Interesse.

Hanna beantwortete mit einem kurzen Ja und sah aus dem Fenster.

Sie fuhren mit erhöhtem Tempo über Brücken, vorbei an Gebäuden, die an die bewegte Vergangenheit der alten Hansestadt erinnerten, sowie zahlreichen Geschäften und modernen Bürogebäuden.

Schließlich kamen sie zu einer Wohngegend und folglich zur Adresse von Heike Larsons Schwester.

Heike Larsons Schwester wohnte in einem Haus, das zu einem Wohnkomplex gehörte. Die Gegend selbst war von vielen mehrstöckigen Wohnhäusern und einem kleinen Park, der Kindern auch einen Spielplatz bot, geprägt. Es war ein modernes Viertel, das außer einem Supermarkt keine weiteren Einkaufsmöglichkeiten hatte und für Besucher Hamburgs völlig bedeutungslos war.

In jenes Gebäude, das sich gegenüber dem Spielplatz befand, gingen Gutmann und sein Kollege, sowie Hanna und Gregor hinein.

Nachdem sie den vierten Stock erreicht hatten, läutete Gutmann an der Wohnungstür von Frau Lobich, der Schwester. Sogleich war ein Hundegebell zu vernehmen.

Nach einer Weile wurde die Tür einen Spalt breit geöffnet und mit zurückhaltender Stimme fragte eine Frau nach der Absicht des Besuchs.

Gutmann zeigte seinen Ausweis und die Frau öffnete die Tür. Sie war leicht hager und ihr Gesicht war sehr blass. Ihre kurzen Haare waren schwarz und gelockt. Neben ihr stand ein mittelgroßer, brauner Hund, der immer noch bellte und von der Frau zurückgehalten wurde.

„Sind Sie Frau Lobich?", fragte Gutmann.

„Nein, ich bin Heike Larson, ihre Schwester."

„Das ist gut. Wir möchten mit Ihnen über Ihren Mann sprechen. Dürfen wir ein paar Minuten stören?"

Frau Larson bat die vier Personen in den Vorraum und schloss die Tür. Währenddessen verstummte der Hund, der offenbar mitbekommen hatte, dass sein Bellen nicht mehr weiter nötig und keine drohende Gefahr zu melden war.

Trotzdem versuchte Hanna einen gewissen Abstand zwischen sich und dem Hund zu halten.

Der Vorraum war sehr groß, doch in diesem Augenblick, auf Grund der großen Personenanzahl und nicht zuletzt durch die Anwesenheit des Tieres bedingt, fand Hanna ihn dennoch etwas klein.

„Frau Larson, wissen Sie, wo Ihr Mann sein könnte?", fragte Gutmann, nachdem er sie über die Situation in Kenntnis gesetzt hatte.

„Ich weiß es nicht."

Sie war von der Nachricht über den Überfall merklich geschockt und verhielt sich dementsprechend sehr still.

„Frau Larson, ich weiß, es ist schwierig für Sie, aber wir brauchen Ihre Hilfe." Dieses Mal war es Hanna, die versuchte, mit ruhiger Stimme die Frau aus ihrem starren Verhalten zu locken.

„Bitte!"

Es schien ihr zu gelingen, denn langsam und etwas zaghaft begann die Frau zu reden.

„Er hatte sich in letzter Zeit immer mehr zurückgezogen ... Es war schwierig ... ich konnte nicht mehr mit ihm leben. Er wollte seine Medikamente nicht mehr nehmen und hat sie abgesetzt."

„Hat er Eltern? Freunde?", wollte Gregor wissen.

„Ja, aber er hat keinen Kontakt zu ihnen, soweit ich weiß. Er ... Er meinte, sie verstehen ihm nicht."

„Mit wem hat er sich gut verstanden, beziehungsweise, wer kommt in Betracht, der von seinem Aufenthalt Bescheid wissen könnte?", fragte Gutmann.

„Fritz Bruckner, vielleicht."

„Wissen Sie, wo er wohnt?"

Sie schüttelte den Kopf.

Daraufhin nahm Gutmanns Kollege sein Handy und ließ über die Zentrale nach der Adresse des Freundes suchen.

Gregor, dem bewusst war, dass Frau Larson nicht in der Verfassung war, mit ihm zu reden, fragte, ob er sie gegebenenfalls nochmals kontaktieren dürfte.

Inzwischen war die Adresse von Herrn Bruckner bekannt und Herr Gutmann verabschiedete sich von Frau Larson, gefolgt von den beiden anderen Männern.

Als Hanna ihr die Hand gab, stellte sie ihr vorsichtig noch eine Frage: „Frau Larson, besteht die Möglichkeit, dass Ihr Mann Zugriff zu Ihren Medikamenten hat, die gespritzt werden?"

Sie überlegte kurz.

„Möglich, aber nicht wahrscheinlich. Auf Grund meiner Erkrankung musste ich einiges über mich ergehen lassen, doch nachdem ich ausgezogen bin, habe ich alles mitgenommen. Auch die harmlosen Sachen."

Gutmann, der den Wortwechsel mitbekam, tätigte einen Anruf. Danach wandte er sich Hanna zu, die knapp hinter ihm stand: „Gregor hat wohl gewusst, warum er Sie dabei haben wollte."

Mit einem anerkennenden Blick belohnte er ihre logische Denkweise.

Wieder folgte eine Autofahrt durch Hamburg. Wieder ging es zurück über Brücken, doch nun in Richtung Altona, wo Fritz Bruckner wohnte.

In Gedanken war Hanna bei Melissa Landgut.

„Hendrik?", fragte Fritz Bruckner, der gerade dabei war, das Haus zu verlassen, als Gutmann mit seinen Begleitern auf ihn traf.

„Ich habe Hendrik schon lange nicht mehr gesehen."

Hanna musste leise seufzen. Nur Gregor, der neben ihr stand, bemerkte es.

„Was können Sie uns über Hendrik Larson erzählen? Was für ein Mann ist er?", fragte Gregor.

„Ich kenne ihn seit sicherlich fünfundzwanzig Jahren. Er war immer schon etwas eigenartig in seinen Handlungen und Benehmen. Er wurde noch merkwürdiger, als sich seine Frau von ihm scheiden ließ."

„Seine Frau?" Gutmann wunderte sich.

„Seine erste Frau. Danach wirkte er verbissener, aber er machte seine Arbeit gut. Allerdings war es nicht leicht, mit ihm auszukommen und er hatte immer ein gewisses Misstrauen anderen gegenüber. Er erwähnte einmal, dass er an Migräne leide und öfters Probleme mit der Konzentration hatte. Er bekam aber Tabletten verschrieben, die ihm geholfen haben."

„Wann haben Sie zuletzt mit ihm gesprochen?"

„Das war vielleicht vor einem Jahr als er mir erzählte, dass Heike Krebs hat."

Wieder war es Hanna, die zusätzlich eine Frage stellte: „Sie haben seine Arbeit erwähnt. Was macht er beruflich?"

„Er war Ingenieur-Assistent auf verschiedenen Schiffen."

„War?"

„Keine Ahnung, was er jetzt macht. Wie gesagt, ich habe schon länger nichts mehr von ihm gehört."

Gutmann bedankte sich bei Herrn Bruckner und gab ihm seine Visitenkarte, falls ihm noch ein wichtiges Detail einfallen würde.

„Freunde, das war wohl nichts", sagte Gutmann, nachdem Bruckner gegangen war.

„Wir müssen nochmals mit Frau Larson sprechen."

Gerade als sie sich wieder ins Auto setzten, kam ein weiterer Funkspruch herein: „Zwischenfall auf der Cap San Diego ... Verstärkung ... Verdächtiger."

Mehr konnte man nicht verstehen.

„Cap San Diego? Ist das nicht das Museumsschiff?", fragte Hanna.

„Ja, das ist unser Museumsfrachter."

Hanna blickte zu Gregor, der sogleich verstand, auf was Hanna hinaus wollte: „Wenn Larson ein Ingenieur-Assistent war ..."

Gutmann brauchte den Satz nicht zu Ende hören. Sofort wies er seinen Kollegen an, zum Schiff zu fahren und ließ sich übers Handy Informationen zur aktuellen Situation geben.

„Das ist unser Mann."

Mit erhöhtem Tempo ging es von Altona entlang der Norderelbe zu ihrem Ziel, die Cap San Diego.

Das Schiff, das immer noch fahrtüchtig war, befand sich mit seiner Länge von hundertfünfzig Metern und einundzwanzig Metern Breite nun in Hannas Sichtweite. Es war ein imposanter Frachter und Hanna hätte nicht gedacht, dass sie während ihres Hamburg Aufenthalts noch das Schiff betreten würde.

Als sie die Anlegestelle erreichten, waren jede Menge Schaulustige vor Ort.

Gutmann ließ sich von seinem Kollegen berichten, wie die Lage war. Ebenso erfuhr er, dass auch psychologisch geschulte Mitarbeiter wie auch ein Arzt bereits vor Ort waren.

Noch bevor sie auf das Schiff gingen, mahnte Gutmann Gregor und Hanna zur Vorsicht, dass sie sich nur im Hintergrund aufhalten und keinesfalls aktiv ins Geschehen eingreifen dürften.

Hanna spürte, wie ihr Puls stieg und folgte Gutmanns Anweisung nur allzu gern.

Sie stiegen Deck für Deck hinab, bis sie den großen Maschinenraum erreichten.

Hanna hatte keine Ahnung von der Technologie und war einfach beeindruckt von den Maschinen, die sie vor sich sah.

Ein gewisser Geräuschpegel war zu vernehmen, der offensichtlich von einigen Geräten, die in Betrieb waren, stammten.

Schließlich erreichten sie jenes Areal, in dem sich die Zylinder des Zweitaktmotors befanden.

Im hinteren Bereich der Zylinderstation saß zusammengekrümmt, den Oberkörper vorgebeugt und die Hände auf dem Kopf, Hendrik Larson.

In einem gewissen Abstand zu ihm befanden sich zwei weitere Personen.

Larson schien ruhig und in sich gekehrt, doch der Schein trog. Obwohl er still saß, beobachtete er genau seine Umgebung und merkte jede geringfügige Veränderung.

Als eine der Personen versuchte auf ihn einzureden, begann er zu schreien.

„Lasst mich in Ruhe! Ihr habt keine Ahnung!"

Es war eine angespannte Situation.

Hanna hörte Gutmann sagen, dass er nicht genau wüsste, ob er eine Waffe bei sich hatte. Dann überlegten sie den nächsten Schritt, wie sie weiter vorgehen wollten. Einen Schritt, der die Wende bringen könnte.

Hanna bemerkte, wie Gutmann längere Zeit telefonierte. Anschließend redete er mit seinen Kollegen und gab ihnen Anweisungen.

Es verging eine Weile. Nur die Geräusche des Schiffes waren zu hören, die jedoch in jenem Augenblick merklich leiser wurden.

Larson registrierte, dass etwas vor sich ging und drohte: „Kommt mir ja nicht zu nahe!"

Im nächsten Moment hörte Hanna, wie eine der beiden Personen, die sich in der Nähe von Larson aufhielten, ihn mit ruhigem Ton ansprach, beinahe flüsterte und sich ihm dabei vorsichtig bis auf zwei Meter näherte.

Daraufhin hob er den Kopf und kurz danach hallte die Stimme von Heike Larson durch den großen Raum. Sie kam von Gutmanns Handy, der den Lautsprecher seines Telefons eingeschaltet hatte.

„Hendrik, lieber Hendrik. Du bist ein guter Mensch. Es ist alles in Ordnung. Wir werden alles gemeinsam schaffen."

Trotz der schlechten Akustik fiel Hanna ein schwach zittriger Unterton in der Stimme auf. Doch zu mehr Überlegungen, wie die Stimme zu interpretieren war, kam sie nicht.

In diesem Moment stürzten sich die zwei nächststehenden Personen auf Hendrik Larson, der von dem Ablenkungsmanöver überrascht wurde, und drückten ihn auf den Boden.

Eine dritte Person kam hinzu und gab ihm eine Injektion. Zwei weitere Männer durchsuchten sein Gewand und nahmen ein paar Gegenstände an sich.

Hanna konnte von ihrem Standort aus nicht erkennen, worum es sich gehandelt hatte.

Gregor, der die gesamte Zeit neben ihr stand, glaubte, eine gebrauchte Spritze gesehen zu haben.

„Das muss die Spritze sein, die er der Ärztin injiziert hat. Ein Wunder, dass er die noch bei sich hatte und sich nicht schon längst selbst damit verletzt hat."

Als Gutmann sich schließlich zu den beiden gesellte, bestätigte er Gregors Vermutung.

„Kann man erkennen, welchen Inhalt die Spritze hatte?", fragte Hanna.

Gutmann gab einer der Personen ein Handzeichen und forderte sie somit auf, zu ihnen zu kommen.

„Ich kenne mich da nicht aus. Das ist Doktor Schuster. Er wird es uns hoffentlich sagen können."

Der Arzt nickte: „Es scheint sich offenbar um ein Heparinderivat zu handeln. Soweit verrät uns das die Aufschrift. Wir werden trotzdem die Spritze zur Untersuchung weitergeben, um sicher zu gehen."

„Heparin? Wird das nicht wegen Thrombosen verwendet?"

„Ja, ganz genau."

Hanna glaubte den Zusammenhang zu verstehen.

„Frau Larson wurde doch operiert und in Folge ist es sehr wahrscheinlich, dass sie sich Heparin spritzen musste. Möglicherweise war noch etwas davon in Larsons Wohnung und er nahm es an sich."

Gutmann grinste: „Da spricht die Fachfrau."

Am späten Nachmittag traf Hanna in der Klinik ein.

Als sie das Krankenzimmer betrat, fand sie die Ärztin vor, die mittlerweile schon etwas besser aussah.

Neben dem Bett stand ein attraktiver, schlanker und großgewachsener Mann.

„Wie geht es Ihnen?"

„Den Umständen entsprechend ganz gut. Die Wunde ist nicht so schlimm wie anfangs befürchtet und ich habe Glück gehabt, dass er weder eine Arterie, noch ein Organ verletzt hat. Auch das Blut wurde auf Verschiedenes untersucht, wegen der Spritze."

„Man hat bei Larson eine leere Heparinspritze gefunden", sagte Hanna.

„Es war tatsächlich Heparin. Das war aber auch der Grund, warum die Blutung so stark war."

„Dennoch kann man froh sein, dass er keinen größeren Schaden angerichtet hat."

Melissa schwieg einen Moment.

„Nun, ich habe allergisch dagegen reagiert. Insofern hätte trotz der harmlosen Heparinspritze noch mehr passieren können."

Hanna stimmte zu und nickte betroffen.

„Meine Frau hätte mir gleich den Drohbrief zeigen sollen", meinte Herr Landgut.

„Rainer, lass es gut sein."

„Er hat dich doch offensichtlich ausspioniert. Denk an die Telefonanrufe vor paar Wochen und an das Auto. Vermutlich hat er auch am Wagen hantiert."

„Hatten Sie nie einen Verdacht?"

„Nein. Ich habe Herrn Larson schon längere Zeit nicht mehr gesehen. Ich behandelte seine Frau und von ihr wusste ich nur, dass er unzufrieden mit seiner Medikation war und über ständige Müdigkeit geklagt hatte."

„Frau Larson sagte, er habe seine Medikamente abgesetzt."

„Meine Güte!"

„Nur frage ich mich, warum er Ihnen etwas antun wollte? Sie haben doch nichts getan."

„Er ist einfach wahnsinnig", sagte Rainer Landgut.

„Er hat Ihnen die Schuld an der Trennung gegeben", Gregor, der vor dem Eingang des Krankenhauses noch mit Frau Larson telefoniert hatte, kam nun in das Krankenzimmer.

„Aber warum? Was habe ich damit zu tun? Frau Larson ist auch zur Zeit stabil", meinte Melissa.

„Nun, so schließt sich wohl der Kreis... Heike Larson hat ebenfalls zu den Mittelchen des Krauts der Unsterblichkeit aus dem Internet gegriffen. Da ihr Foto auf dem Werbematerial ist, scheint hier ein Zusammenhang zu bestehen. Ich nehme an, er hat Sie auf dem Bild erkannt und als seine Frau einen Ausschlag auf die Kapseln bekommen hat und etwa zur gleichen Zeit von Trennung sprach, verlor er komplett den Bezug zur Realität. Seine Medikamentenverweigerung war sicherlich der Auslöser für sein Handeln. Jedenfalls passt die zeitliche Abfolge und auch, was Gutmann über Larsons erste, wenn auch etwas konfuse, Aussage erzählt hat. Er bekommt derzeit schwere Medikamente und wird ruhig gestellt. Wer weiß schon, was in so einem Menschen vorgeht."

Eine kurze Stille herrschte im Raum, bis sie Gregor unterbrach.

„Frau Larson ist äußerst bestürzt. Sie hatte zwar gewusst, dass er psychisch krank ist, allerdings war er immer ein liebevoller Ehemann und er hatte ihr auch öfters gesagt, wie froh er war, sie zu haben. Doch war er nicht einverstanden mit einem neuen Medikament, sodass er meinte, es ginge auch komplett ohne chemische Hilfe und setzte willkürlich von einem auf den anderen Tag plötzlich alles ab. Die Folge war, dass er Schwierigkeiten hatte, sich unter Kontrolle zu haben, wodurch Frau Larson nicht weiter mit ihm leben konnte und zu ihrer Schwester zog. Mit dieser Eskalation, so sagte sie, hatte sie jedoch nicht gerechnet ... Zumindest, was die Firma Nemlon betrifft, die Behörde ist eingeschaltet und die Firma wird bereits unter die Lupe genommen."

„Das ging aber schnell", wunderte sich Hanna.

„Der heutige Vorfall hat sicherlich indirekt dazu beigetragen."

Melissa, deren Erschöpfung sich bemerkbar machte, sagte leise: „Ich bin nur froh, dass alles vorbei ist und man kann mit meiner Hilfe rechnen."

Zärtlich streichelte Rainer ihr über das Haar.

Ein zweites Mal an diesem Tag verabschiedete sich Hanna von Melissa und wieder forderte die Ärztin sie auf, zu besuchen, falls die beiden nochmals nach Hamburg kämen.

Hanna wendete sich Gregor zu und blickte ihn an. Sie wollte seine Reaktion beobachten, doch außer einem höflichen Lächeln bemerkte sie an ihm nichts.

KAPITEL 21

Da sie am Abend zuvor den letzten Rückflug nicht mehr geschafft hatten, blieben Hanna und Gregor noch eine weitere Nacht im Hotel und kamen am nächsten Vormittag wieder in Wien an.

Auch wenn es nur zwei Tage waren, so hatte Hanna das Gefühl, die Reise habe weitaus länger gedauert und die vielen Eindrücke, sowie auch die Geschehnisse musste sie erst verarbeiten.

Als das Taxi das Haus ihrer Wohnung erreichte, stieg Gregor mit ihr aus und half ihr mit dem Trolley.

Sie gingen zur Haustür und Hanna nahm ihre Schlüssel aus der Tasche.

„Wie geht es nun weiter?", fragte sie.

„Zunächst werde ich den Artikel fertigstellen. Mein Chef wartet schon darauf. Ich denke, mit deiner Kolumne wird es nicht anders aussehen. Hast du nicht bald den nächsten Abgabetermin?"

Hanna nickte.

„Du hast jetzt die Chance, nicht nur eine Kolumne, sondern eine Kurzgeschichte über das Erlebte zu schreiben und sie zu veröffentlichen. Ich bin sicher, das kommt an."

„Hast du keine Angst, ich könnte dir Konkurrenz machen?"

Gregor lächelte: „Du wirst es aus einer anderen Sicht erzählen als ich."

Nachdenklich sah Hanna ihn an.

„Ich wollte eigentlich etwas anderes wissen ...
Wie geht es nun zwischen uns weiter?"

Er verstand und impulsiv kam er einen Schritt
auf sie zu und drückte Hanna an sich.

Wie sehr mochte sie seine Nähe, sie legte ihre
Arme um ihn und schloss die Augen.

Doch dann löste er sich von ihr. Er gab ihr einen
Kuss auf die Wange, verabschiedete sich und stieg
in das wartende Taxi.

„Hanna, was ist in Hamburg passiert? Du bist
doch nicht etwa die Apothekerin, die in einer Praxis von einem Wahnsinnigen überfallen worden
ist?"

Sophie kam in die Apotheke und stellte in einer
solchen Lautstärke die Frage, dass Hannas Kollegen aufmerksam wurden.

Hanna lächelte und bejahte.

Daraufhin wurden Clemens, Erni und Sarah neugierig und gingen auf sie zu.

Hanna musste jedes Detail erzählen: wie sie vom
Kraut der Unsterblichkeit erfahren hatte und vor
allem den spannenden Teil, der sich auf dem Schiff
abgespielt hatte, war für die Zuhörer eine Sensati-
on.

Allerdings wurde ihre Erzählung öfters durch
Pausen unterbrochen, da Kunden in die Apotheke
kamen. Über Sophie hatte sie sich allerdings gewundert, wie sie vom Überfall Bescheid wissen
konnte. Sie erklärte es damit, da sie ja von Hannas
Reise gewusst hatte und sie, ohne sich weiter Gedanken zu machen, einfach aus Neugier die Ham-

burger Nachrichten über Internet verfolgt und eine kleine Schlagzeile gefunden hatte, die zu Hanna gepasst hätte.

Am Nachmittag durfte Hanna ihre Geschichte wiederholen, als Clara und ihre Chefin anwesend waren. Clara fühlte sich sogleich bestätigt, dass sie Hanna nicht zu unrecht Loupa nannte.

Frau Weninger, Hannas Chefin, die ebenfalls mit großem Interesse ihrer Geschichte zugehört hatte, sagte, als sie im Kreis beisammen standen: „Und das alles begann bei uns mit den Anfragen von Herrn Langfelder."

Jeder nickte zustimmend und sah nachdenklich zu Boden.

Da erinnerte sich Hanna an Herrn Windisch, für dessen Frau sie ein Präparat für den Nachtdienst besorgt hatte.

„Sie ist leider gestern verstorben, Hanna", teilte Clara ihr mit und setzte fort: „Herrn Fritsch haben wir leider auch verloren."

In diesem Moment musste Hanna an all die verschiedenen Personen denken, die ihr begegnet waren. An ihre Hoffnungen, ihren Mut, an ihre Verzweiflung und an ihre Akzeptanz, ein Leid hinzunehmen, das nicht mehr zu ändern gewesen war.

Noch in Gedanken versunken, sagte sie nebenbei, ohne dass es ihr wirklich bewusst war: „Das Leben ist doch wie eine Warteraum zwischen Geburt und Tod … Machen wir das Beste daraus und nutzen wir sinnvoll unsere Zeit."

Es vergingen zwei Wochen.

Gregor meldete sich öfters, doch Hanna spürte, wie er sich gefühlsmäßig immer mehr von ihr entfernte.

Er hätte viel zu tun und eine Reihe von Besprechungen, die teils abends stattfanden und kurzzeitig musste er wieder nach Deutschland fliegen.

Hannas Vernunft gab ihr längst die Antwort, nur ihr Herz wollte es nicht wahrhaben.

Die Arbeit in der Apotheke, wie auch ihre Kolumne lenkten sie ab. Zusätzlich schrieb sie noch an einem Bericht über Hamburg, den sie ihrer Redakteurin abgeben sollte.

Dann war da noch Sophie, die sie zu unterschiedlichen Aktivitäten animieren wollte, aber Hanna fuhr lieber mit dem Auto zu ihrem Lieblingsplatz am See, um Entspannung zu suchen.

Dennoch, in ihrem Inneren fühlte sie sich schwer.

Nachdem Gregor von seinem erneuten Deutschlandaufenthalt zurückgekehrt war, rief er sie an.

„Hanna, wie geht es dir?"

„Danke, soweit geht es mir gut. Und dir?"

„Mir geht es auch gut, nur etwas müde von der Arbeit. Ich habe sehr viele Termine gehabt, aber bin sehr zufrieden mit den Ergebnissen."

„Ist alles nach deinen Vorstellungen verlaufen?"

„Ja, sehr gut ..."

Sie merkte ihm an, dass es noch etwas gab, das er ihr sagen wollte.

„Hanna ... Ich habe die Stelle in Deutschland angenommen."

Sie wusste nicht, was sie darauf sagen sollte.

„Ich beginne nächsten Monat. In der Zwischenzeit muss ich mich um eine Wohnung und einige weitere Formalitäten kümmern."

Sie verhielt sich weiter still. Obwohl sie im Grunde genommen, bedingt durch seine Handlungsweise, stets unsicher war und daran zweifelte, ob auch er an einer gemeinsamen Zukunft interessiert war, wünschte sie sich insgeheim, dass es so wäre. In diesem Augenblick, in dem er ihr seine Pläne mitteilte, fühlte sie eine große Enttäuschung.

Gregor fiel es sichtlich schwer, sie mit seinen Absichten vertraut zu machen, aber es waren seine Pläne und sie waren ihm von Bedeutung.

„Diese Stelle ist für mich eine Chance, die ich vielleicht nicht wieder bekommen werde...Ich werde in Hamburg leben, allerdings auch viel unterwegs sein. Es ist zunächst für ein Jahr und es besteht die Option, den Vertrag zu verlängern ... Ich mag dich sehr, Hanna, ... doch ich kann dir nicht das geben, was du möchtest ... Ich wünschte, wir wären uns zu einer anderen Zeit begegnet ... Es tut mir leid."

Am folgenden Tag hatte Hanna Schwierigkeiten sich zu konzentrieren. Immer wieder musste sie an Gregor denken.

Am Nachmittag, gerade als sich mehr Kunden im Offizin aufhielten, wartete ein Kunde in der Reihe, der ihr, als sie kurz zu ihm hinüber sah, bekannt vorkam.

Als er schließlich vor ihr stand, erinnerte sie sich. Es war Paul, jener Mann, den sie über Internet kennengelernt hatte und der ihr Fotos von seiner gesamten Familie gezeigt hatte und mit dem sie sich nicht wieder treffen wollte.

„Hallo! Ich habe von einem Präparat gehört, das aus bestimmten Vitaminen und Aminosäuren besteht und genommen werden kann, wenn man sich verstimmt fühlt. Weißt du, um was es sich handeln könnte?", fragte er.

Hanna ging zu einem Fach, nahm gezielt eine Packung und zeigte sie ihm.

Paul erkannte den Namen des Präparates sofort und beschloss es zu kaufen.

„Und wie geht es dir?", fragte er beiläufig, ohne sich offensichtlich für die Antwort zu interessieren.

„Danke, gut."

Hanna blieb förmlich, während er zahlte und das Präparat in die Hand nahm.

Gerade als er aufbrechen wollte, sagte er: „Mir geht es sehr gut. Ich bin jetzt in einer glücklichen Beziehung."

Daraufhin drehte er sich um und ging.

Hanna wunderte sich nur über die Diskrepanz, dass er trotz gefundenen privaten Glücks, etwas gegen Verstimmungen benötigte. So schloss sie nicht aus, dass sein Kommen einzig dem Zweck galt, Hanna zu ärgern, nachdem sie ihm einen Korb gegeben hatte.

Am Abend setzte sie sich an ihren Computer, um den Bericht über Hamburg noch einmal durchzulesen.

Sie fand nur wenige Tippfehler und war im Allgemeinen zufrieden mit ihrem Werk.

Doch nebenbei schrieb sie noch eine weitere Geschichte.

Eine sehr persönliche Geschichte, die nicht nur Gregor und ihre gemeinsame Reise wieder gab, sondern sie war viel mehr und drückte ihre Gefühle aus.

Es war eine Vorlage für eine Kurzgeschichte, der sie den Titel gab: Doch keine Geschichte wie aus einem Roman.

Und nun? Obwohl er versucht hat, mir seine Sicht näher zu bringen, kann ich manche Dinge nicht verstehen.

Bin ich traurig? Nein. Bin ich enttäuscht? Ja.

So denke ich an seinen Kuss, an seine Umarmung und womit er mir doch Hoffnung machte.

Sein Interesse war nicht so groß, ansonsten hätten wir einen Weg gefunden und es wäre anders verlaufen.

Was in Folge sein wird oder nicht sein wird, wohin mein Weg führt oder nicht führt, kann niemand beantworten.

Es verhält sich wie mit einem Roman, den man schreibt. Blättert man vor, so gibt es nur leere Seiten.

Und meine Geschichte ... ist doch nicht, wie aus einem Roman.

Nur mein Leben selbst schreibt den Roman.

Ein paar Tage später kam ein ihr bekannter Kunde in die Apotheke.

Sie hatte ihn schon länger nicht mehr gesehen.

Hanna wollte es verdrängen, doch über seine Anwesenheit freute sie sich merklich und das weckte in ihr eine Empfindung, die sie jedes Mal bei seinen Kommen verspürt hatte.

War dies möglich? Sie konnte es sich nicht erklären.

Er kam geradewegs auf sie zu und Hanna wartete ab, bis er zu sprechen begann:

„Haben Sie noch diese Müslischnitten?"

ENDE

NACHBEMERKUNG

Seit 25. Juni 2015 dürfen auch österreichische Apotheken rezeptfreie Arzneimittel über Internet zum Verkauf anbieten.

Dies wurde durch eine Reihe von Vorschriften, die mit einer Verordnung des Gesundheitsministeriums einhergehen, in die Wege geleitet ...

Sämtliche verwendete Namen, die in diesem Buch verwendet wurden, sind frei erfunden und stehen in keinem Bezug zu möglicherweise realen Personen, Produkte wie auch Firmen.

DANKSAGUNG

Zuerst ein genereller Dank an Lukas Nagel, der mit www.mystorys.de ein Portal ins Leben rief, das ermöglicht, meine Kurzgeschichten kostenlos zu veröffentlichen. Eine gute Idee!

Ein besonderer Dank an Dr. Margit Kauer, meine ehemalige Lehrerin, die sich Zeit genommen hat, um mir bei der Korrektur zu helfen.

Sabine Reihart

MAGGYS ERBE

Was wäre, wenn man eines Tages einen Anruf erhält und es wird gesagt, dass man ein Schloss in einem fernen Land geerbt hat?

Als Maggy erfährt, dass sie ein Schloss in Schottland geerbt hat, kann sie es kaum glauben. Doch schon bald wird sie von der Realität eingeholt und sie wird nicht nur mit ihrem Erbe konfrontiert, sondern auch mit dessen verborgenem Schatz und jenen Menschen, die ihre eigenen Geheimnisse haben.

Verlag: BoD – Books on Demand (5. März 2013)
ISBN-10: 3732231747
ISBN-13: 978-3732231744

Sabine Reihart
ERZÄHLUNG EINER REISE
DER JUNGE IM NEBEL
www.mystorys.de

Mehr Informationen über die Autorin unter:
www.sabine-reihart.jimdo.com